乔治·威尔斯科幻小说精选

# 星球大战

[英]乔治·威尔斯 著

范 锐 吴天娇 李 飞 译

四川文艺出版社

图书在版编目（CIP）数据

星球大战 / (英) 乔治·威尔斯著；范锐 吴天娇 李飞
译. --成都：四川文艺出版社，2020.3

（乔治·威尔斯科幻小说精选）

ISBN 978-7-5411-5611-3

Ⅰ. ①星… Ⅱ. ①乔… ②范… Ⅲ. ①幻想小说—英
国—现代 Ⅳ. ①I561.45

中国版本图书馆CIP数据核字(2020)第003177号

XINGQIU DAZHAN

# 星 球 大 战

［英］乔治·威尔斯 著
范锐 吴天娇 李飞 译

出 品 人　　张庆宁
策划组稿　　蔡　曦
编辑统筹　　罗月婷
责任编辑　　罗月婷
封面设计　　叶　茂
内文设计　　史小燕
责任校对　　汪　平
责任印制　　唐　茵

出版发行　　四川文艺出版社（成都市槐树街2号）
网　　址　　www.scwys.com
电　　话　　028-86259287（发行部）　　028-86259303（编辑部）
传　　真　　028-86259306

邮购地址　　成都市槐树街2号四川文艺出版社邮购部　　610031
排　　版　　四川胜翔数码印务设计有限公司
印　　刷　　四川华龙印务有限公司
成品尺寸　　145mm×210mm　　　开　本　32开
印　　张　　8.5　　　　　　　　　字　数　158千
版　　次　　2020年03月第一版　　印　次　2020年03月第一次印刷
书　　号　　ISBN 978-7-5411-5611-3
定　　价　　33.00元

# 总序

# 他曾警告过我们

吴虹 范锐

赫伯特·乔治·威尔斯（Herbert George Wells，1866—1946），英国科幻作家、新闻记者和现实主义小说家，与另两位作家约翰·高尔斯华绥和阿诺德·贝内特并称为20世纪英国现实主义小说三杰。他的科幻小说对该领域影响深远，创造了如"时间旅行""外星人""反乌托邦"等20世纪科幻小说中的主流话题，因此被誉为"科幻小说之父""科幻小说界的莎士比亚""英国的儒勒·凡尔纳[①]"。

在威尔斯的时代，人们同时受到现代文明的鼓舞和战争的威胁，各种思潮层出不穷，几乎每一个人都在思考人类应有

---

[①] 儒勒·凡尔纳（1828—1905），科幻小说和冒险小说作家，法国科幻小说的奠基人，被称为"科幻小说之父"，作品以《海底两万里》最为著名。

的现在和未来。作为这个时代的代表人物之一，威尔斯除了作家的身份外，还是政治家、思想家、社会学家、未来预言家和历史学家。他"从学生时代起就一直是个社会主义者"，但他强调自己不是马克思主义者。他曾是费边社的重要成员，认为"通过有计划的社会教育方式，可以逐步改革现在的资本主义制度"，并因为关于性自由的主张和与萧伯纳等人对领导权的争夺而震惊了费边社的知识分子们，这些经历被他写入了《安·维罗尼卡》和《新马基雅弗利》。他曾在1920年和1934年两度访问苏联，受到了列宁和斯大林的接见——据说列宁的"共产主义就是苏维埃加电气化"这一著名的论断就是在接受威尔斯采访时提出的。在《黑暗中的俄罗斯》（这个书名说明了十月革命后的苏联给他留下的印象）一书中，威尔斯用充满怀疑的语气描述列宁所谈论的这个话题当时给他的感受："我听的时候几乎认为这是可能的。"威尔斯也曾访问美国，与罗斯福总统晤谈——显然他想从当时两个最为不同的国家中去探寻他所认为的理想化的人类社会模式。目前我们所知最早被译成中文的威尔斯的作品不是科幻小说，而是1921年他采访华盛顿会议后撰写的有关中国问题的长篇报道，译者是周恩来。

在五十三年的创作生涯中，威尔斯先后写下了超过一百一十部作品，平均每年两部，其中包括五十部长篇小说，这使他成为现代最多产的作家之一。这些作品的内容涉及科学、文学、历史、社会、政治等各个领域，既有科幻小说，也有纯学术作品、严肃小说以及大量报刊文章，而这些作品的影响也和它们所涉及的内容一样广泛。

1866年9月21日，赫伯特·乔治·威尔斯出身于英国肯特郡的小城布朗姆利（现在位于伦敦西郊的一个小镇）的一个市民家庭。他家境贫寒，父亲约瑟夫曾当过职业棒球手，后来经营一家五金店铺；母亲尼尔早年当过用人，后来为一个乡绅当管家，这使得威尔斯童年的许多时光在这户人家位于地下室的厨房里度过。威尔斯在回顾这段生活时说，当他从地下室狭小的气窗望出去时，他所看到的是各色各样的鞋子与靴子，仿佛世界就是由那些代表各种社会身份的鞋子与靴子组成的。

十四岁时，由于父亲破产，威尔斯不得不辍学自谋生路。他先后当过布店学徒、信差、小学教师、药剂师助手以及文法学校的助教。他对这类的生活难以忍受，他的雇主们对他可能也有类似的感受，所以他的这些职业生涯都很短暂。1884年，他得到每星期一个基尼的助学金，进入英国皇家科学院的前身南肯辛顿理科师范学校学习物理学、化学、地质学、天文学和生物学。他的生物学老师是达尔文学说的支持者、著名科学家托马斯·赫胥黎，这位老师的进化论思想大大地影响了威尔斯后来的写作。1890年，威尔斯以动物学的优异成绩获得了伦敦大学帝国理工学院的理学学士学位，毕业后的一段时间他在伦敦大学函授学院教授生物学。

1891年，威尔斯开始为一些报刊撰写文章，偶尔也从事新闻写作。1893年，因病休养期间，他开始写作短篇小说、散文和评论，同时也开始了科普创作。1895年出版的《时间机器》使威尔斯作为"可以看到未来的人"而一举成名，这部中篇小说的末章还被伊顿公学等贵族学校列为必读篇目，以使本国精英能够充分吸收威尔斯至高无上的语言精华。此后，《莫罗博士的岛》《隐身人》《星球大战》《登月第一人》等陆续发表，这些"科学传奇"，即现在所称的科学幻想小说，构成了威尔斯长达半个多世纪的创作生涯中辉煌的第一阶段。在20世纪初期，威尔斯的作品主要属于社会讽刺小说一类。此后他转向政论性小说创作，撰写了《基普斯》《波利先生的故事》《勃列林先生看穿了他》《恩惠》《预测》《世界史纲》等大量关注现实、思考未来的作品，其中1908年的《托诺·邦盖》可以说是他最有影响和代表性的杰作之一。威尔斯这一时期的不少作品被称为"阐述思想的小说"，实际上已不是严格意义上的文学作品，整体上被认为缺乏艺术特色。他后期的作品更多地关注灵魂、宗教、道德等方面，说明这位赫胥黎的得意门生也曾遭遇过某种精神上的危机。

和威尔斯的创作生涯同样辉煌的是他的情史。他的情人中包括女作家丽贝卡·韦斯特和曾做过马克西姆·高尔基①情人的莫拉·包伯格。在总结自己的情史时，威尔斯说"虽然我曾深深爱恋一些人，但我从来不是一个好情人"，然而他却是一个好作家，他的恋人们的影子常常出现在他的作品中。这可以作为一个有趣的例证——虽然威尔斯以科幻小说而闻名，但他的作品从来都和现实有着密切的联系。1938年，奥逊·维尔斯②根据《星球大战》的情节在电台做了一期广播节目，结果引起了一场民众大恐慌。这一后果大大出乎维尔斯的预料，他不得不保证以后再也不做类似的事，以免引起新的恐慌。

评论界将威尔斯与儒勒·凡尔纳相提并论，认为他们是科幻小说两大流派的鼻祖，但威尔斯自己并不同意别人称他为"第二个凡尔纳"。他说："我与法国那位未来的预言家之间并没有任何一定要扯到一块儿的东西。他的作品里所写的往往是那些完全可以实现的发现和发明，并且有些地方已经高明地预见了它们的可行性。他的小说将唤起一种实践的兴趣……而我的故事所指的绝不是实现科学假设的可行性，这完全是另一种幻想的体验。"他认为自己的"科学传奇"是想象的产物，

①　马克西姆·高尔基（1868—1936），苏联作家，在很长一段时期内被诸多社会主义国家认为是无产阶级文学的奠基人和最重要的代表。
②　奥逊·维尔斯（1915—1985），美国电影导演、演员、编剧和制片人，因自导自演《公民凯恩》(1941)在世界电影史上占有重要地位。因广播剧《星球大战》事件而成名。

其目的不在于预见科学发展的可能性。凡尔纳赞扬科学技术方面的重大发现与发明，用瑰丽的色彩描绘了科学发明的巨大威力与贡献；威尔斯则在肯定科学技术发明积极意义的同时，还关心科学技术发展的社会影响，从这种意义上来说，威尔斯的科幻小说也是一种"哲理小说"，他的作品总是通过幻想中的社会来影射当时的社会和政治，整体上充满了对人类社会未来命运的观照。这切中了科幻小说的核心精神："科学到底给人类带来了什么？"以及"人类要追求的是怎样的未来？"这种严肃的思想主题使得科幻小说真正成为一种可以"登堂入室"的文学形式，而非止于追求冒险猎奇的低俗读物——尽管在形式上难以区别。因此，也有评论家将1895年（《时间机器》的出版年份）认定为"科幻小说诞生元年"。

威尔斯被认为是未来预言家和社会活动家，但现在看来他主要还是有创造性的艺术家。他曾幻想通过建立一个世界性的政府而达到人类大同的境界，并为此奔波呼吁，当然徒劳无功。他曾认为社会的领导权应该转移到科学家和技术人员手里，但这个柏拉图[①]式的理想当然也无法实现。威尔斯后期的作品被认为对未来保持着勉强的乐观态度，但这与他世界观中根本性的悲观主义是矛盾的。作为科幻小说作家，威尔斯关注着

---

① 柏拉图（前427—前347），古希腊哲学家，曾提出"哲学家国王"的思想。

科学发展与人性社会的相互关系——如果没有人性的进步，科学的发展只能是人类的灾难。在他用卓越的作品表现科学进步给人类带来希望的同时，他也卓有成效地提醒人类这种进步所带来的危险。在不列颠之战[①]中，在那些被他大声谴责过的纳粹用最先进的飞机扔下的最有破坏力的炸弹的爆炸声中，威尔斯坚持不离开几乎已是一片瓦砾的伦敦。在第二次世界大战结束后的第二年，威尔斯在离八十岁只有两个月时离开了人世。而在这场世界大战开始的那一年，他曾为自己写下一句短小的墓碑文："上帝将要毁灭人类——我警告过你们。"

---

① 不列颠之战，1940—1941 年间英国和德国在英国上空进行的大空战。

# 前　言

　　过去的作品留给我们深刻印象的不是它们预言了技术的发展，真正打动我们的是这些作家对人性的理解，还有他们笔下那些永恒的、无法抗拒的幽默、激情和恐怖——就如《星球大战》中的恐怖一样。

　　《星球大战》是恐怖小说的杰作，但除了恐怖，我们还可以在里面找到很多元素，为它贴上很多标签——它是一部委婉影射英国殖民主义的寓言小说，一部讨论自然本性与虚伪狡诈的专著，一部讥讽虚伪宗教信仰的讽刺作品，等等。我们说H.G.威尔斯领先于我们的时代，不是说他超越了那些让太空遨游成为现实或发现基因组奥秘的科学家们，而是说他超越了斯蒂芬·艾德温·金[1]和M·奈特·沙马兰[2]——也就是说，他走在那些让我们深感恐怖、毫无获救希望的艺术家们的前面。

这本书就是这么令人毛骨悚然。

小说一开始就以听天由命的口吻营造出恐惧和妄想狂的经典元素，"有人正在监视我们"，并且满不在乎地告诉我们，监视我们的人"比我们聪明得多"。他轻而易举地就嘲讽了我们把地球当作人类安乐窝的夜郎自大的心态：在这个星球上，我们终日忙于自己的"蝇头小利"，从没有想到过有更高级的物种在监视我们，我们的处境岌岌可危。我们真的和那些被放在显微镜下观察的没有思维的生命形态没有什么区别，就是我们实验室玻片上骄傲自大的阿米巴虫。

甚至在战争开始之前，我们就知道这不是一场公平的战争。

为了让读者对火星人的入侵有所认识，叙述者用许多重要的细节做了铺垫：火星是一颗日渐衰落的古老行星，它上面的居民早已进化到高级形态，他们需要找到一个新的世界继续生存。偶然间，他们发现遥远的地方有一颗星球，上面草木葱

---

[1] 斯蒂芬·艾德温·金（1947— ），是美国多产和屡获奖项的畅销书作家，编写过剧本、专栏评论，曾担任电影导演、制片人以及演员。斯蒂芬·金的作品销售超过三亿五千万册，以恐怖小说著称，他的作品还包括科幻小说、奇幻小说、短篇小说、非小说、影视剧本及舞台剧剧本。代表作有《卡丽》《死亡区域》《闪灵》《克里斯汀》《肖申克的救赎》《火种》《宠物墓地》《尸骨袋》，以及近两年有名的《绿里奇迹》等。

[2] M.奈特·沙马兰（1970— ），生于印度马德拉斯，被誉为东方的鬼才导演，拍摄作品多为悬念惊悚类型片，代表作有《第六感》《神秘村》《不死劫》等。

茏、苍翠欲滴，一片迷人的景象，而统治它的居民只是一些原生动物，还处于进化的低级阶段。他们好像在说，欢迎来到我们的世界。

接下来的故事讲得精彩绝伦，恐怖的情节丝丝入扣、惊心动魄。从这个意义上讲，《星球大战》开创了恐怖小说，而非科幻小说的先河。今天，许多作家，包括电影制片人都还从该书中寻找灵感，使用H.G.威尔斯一百年前就创造出来的种种写作技巧来创作现代作品。

例如，为了加强恐怖效果，威尔斯开篇就点明火星人智商高明、科技先进；从本质上说，只要我们一想出那些自以为可以用来抵挡或还击他们的东西，他们都会先于我们考虑到并予以摧毁。所以结果似乎很明确："我们要输掉这场战争"，挣扎是徒劳无益的。高尚的自我牺牲，人类的英勇不屈，还有失败者在上帝鼓舞下的浩然正气似乎都不能拯救我们。

还不止于此。主人公从收音机中了解到入侵者在伦敦所做的一切令人发指之事，并且东奔西逃，命悬一线，绝望之至。就像他的朋友，前一分钟都还在他身旁，眨眼间就被烧得嗤嗤作响，尖叫不已，扭成一团，最后成了一堆焦黑的东西。或者，就像相邻山上的成百上千的居民——突然间就感到呼吸困难，用手胡乱地抓扯自己的喉咙，瞬间就倒地而亡——他会觉得火星人释放出的"黑烟"开始将他慢慢包围。

恐惧同时向心灵和肉体袭来。《星球大战》在许多地方让我们的身心都受到惊吓，尤其是身体上感受到的恐惧更强烈。在谈论以大屠杀为特征的影视作品时，影迷和评论家都喜欢说对群体施暴是我们当代残忍的新标志。其实，《星球大战》证明了，如果故事情节需要，以前的作家同样会随时让成千上万的人死掉。这本书最令人害怕的地方是叙述者在讲到自己为了逃脱火星人的魔爪，仓皇逃窜之际，目睹一群群人惨死时，那种事不关己的冷漠口吻。在这里，死亡是以一个个的村镇为单位来计算的。

总之，许多人喜欢惊吓所带来的刺激，那么《星球大战》带给他们的正是其所渴望的有史以来最纯粹、最真实的恐怖。但是必须记住，正如威尔斯的几乎所有作品一样，不管他写了什么，最终都是在写人性。

"要是这些星球上有人居住，那么是谁住在上面呢？是我们主宰世界，还是他们？这些为人而生的万事万物又是怎样被创造出来的？"

——凯普勒（引自《忧郁症的剖析》）

# 目录

第一部

火星人来了

# 第一章　战争前夜

在19世纪末期，没有人会相信，比人更聪明，跟人一样会死的物种一直敏锐、密切地观察、研究着地球；跟人忙于他们所关注、所研究的各种东西一样，这个物种研究人类的精密程度可能跟人类透过显微镜仔细观察一滴水珠上密密麻麻挤成一堆、活不了多久的微生物差不多。带着自鸣得意的心情，人类在地球上忙忙碌碌，为蝇头小利而奔波劳累，他们确信自己的王国高于一切物种。其实，那些在显微镜下的纤毛虫也可能跟人持有同样的想法。没有人想过太空中比地球更古老的星球会是人类危险的源头。就算想到这些星球时，人们也只会认为上面不可能或不大有可能存在生命。回想起那些流逝岁月中人们的一些思维习惯，真的不可思议。因为地球上的人最多可能想到火星上也许有人，但都是些劣等物种，并且随时欢迎人类的传教事业。然而，越过茫茫太空的悬隔，这个物种无比嫉妒地窥探着地球。他们拥有比人类更聪明的头脑和冷静、无情的智商。比起那些灭绝的四脚动物，人类可谓聪明无比，可在这个物种面前，人类只不过是那些四足动物。他们逐步地、稳健地制订出攻击我们的计划。终于，在20世纪初期，人类幡然觉醒了。

毋庸我多言，读者都知道火星距离太阳平均一亿四千万英里，它吸收的太阳光和热量只有地球的一半。如果星云假设理论是真的，那它就一定比地球古老。并且早在地球变得不再炙热前，火星表面的生命已开始其演变进程。火星的体积只有地球的七分之一，这一事实使火星冷却的速度加快，温度下降到适宜生命开始；火星上有空气和水，这一切是支持生命存活的必要条件。

然而人类是如此虚妄，在虚妄之心的蒙蔽下，又是如此盲目，以至于直到19世纪末期还未曾有人提出，火星上可能存在智能生命，或者的确比地球上的生命要发达得多。人们也普遍没有认识到：既然火星比我们地球更老，表面积只有地球的四分之一，离太阳也更远，那它就一定远离生命的发端，也更接近生命的终止。

火星上的长时期降温一定超过了地球经历的冰川纪时代，对我们的邻居来说，气候实在太寒冷了。尽管火星上的物理条件还是一个谜，但现在我们知道，即使在赤道地区，正午的温度也仅仅达到我们最冷的冬季的气温。跟地球相比，火星上的空气变得越来越稀薄，海洋面积缩小到只能覆盖其表面的三分之一，并且由于季节更替缓慢，巨大的雪冠在北极和南极地区聚集、融化，周期性地淹没气候温和的区域。对我们来说，最后阶段的能源枯竭是难以置信的遥远，可对火星上的居民来说，已经是迫在眉睫的问题。解决问题的急迫性使得他们更聪明，力量更强大，心肠更坚硬。我们这种智商的人从没有想到，他们透过仪器，越过太空，发现在向着太阳，离他们最近距离只有三千五百万英里的地方，一颗希望的星辰在运动、旋转，那就是我们更温暖的地球。绿色，是繁茂的植被；灰色，是大片的水域和云雾茫茫的大气层，明白无误地表明了生命的繁衍。透过缕缕飘浮的白云，他们看到疆土连绵不断的国家人口众多，狭窄的海域上挤满了船只。

对他们而言，我们这些居住在地球上的人类不过像人们眼中的猴子、魑魅一样都是低等级物种。人类的智力已发展到能够认识到生命就是为了生存而不断斗争。同样的，火星人好像也坚持这一信仰。他们的世界在冷却的过程中走得太远了，而地球上却处处都有生命，只不过在他们眼中，这些生命是低级动物罢了。为了逃脱世世代代都威胁着他们的灭顶之灾，向着太阳的方向发动一场战争，的确成了他们的唯一希望。

在我们对他们做出严厉的审判前，我们得想想人所做过的彻底灭绝其他物种的残忍事情。我们不仅灭掉了诸如欧洲野牛和渡渡鸟这样的动物，还灭掉了欠发达的同类。五十年前，欧洲移民向自己的同类——塔斯马尼亚人发起一场灭绝战。尽管同样是人，塔斯马尼亚人还是被欧洲移民彻底杀绝。如果火星人发动同样的战争，我们能要他们讲慈悲而停止屠杀吗？

　　火星人已经精准地计算出他们的降落地点——他们的数学知识很显然比我们精深得多，并且几乎是全体火星人都同意实施他们的作战部署。要是我们的仪器够先进，我们可能早在19世纪就已经发现这个越来越严重的问题。斯奇阿帕雷利人一直观察研究这颗红色的行星——真奇妙，无数个世纪以来，他们一直把火星看成战争之星——但却未能解释他们在地图上标示清楚的起伏不定的记号。在那个时候，火星人一定已经做好了准备。

　　在1894年的冲①期间，一道巨大的光线划破黑夜，亮光下，现出一个圆盘。利柯天文台首先发现这道光，接着尼斯的帕拉丁看到了，其他地方的天文观察家也看到了。英国读者第一次在8月2日的那期《自然》上了解到此事。我认为这道光可能是巨型炮的枪管，枪管深陷在火星的一个大坑里，从里面射出的炮弹直接打到地球上。在以后的两次冲中，爆发地附近出现了

－－－－－－－－－－－

① 冲，一个天体与另一个天体在天空中的相反方向或距角接近或等于180度的行星状态。

一些奇特的、无法解释的记号。

六年前袭击人类的暴风又刮起来了。接近半夜十二点，火星靠近相反面时，由于预测到地球上将出现大团炙热的气体，爪哇岛上的天文学家拉维尔的天文交换仪的线缆突突地跳动起来。拉维尔立刻去观察分光镜。分光镜表明那团燃烧的气体主要由氢气组成，它正以巨大的速度向地球飞驰而来。在十二点十五分时，肉眼已看得见这团火焰了。他说，这团火焰就像突然从火星上迅猛地喷射出来，就像从枪中射出喷火的气体一样。

后来发生的一切，证明他的描述非常准确。然而，第二天的报纸却没有一点相关的报道。除了《每日电报》轻描淡写地提了一下这团火焰，整个世界还不知道，一场前所未有的灾难正威胁着人类。要是阿特尔索没有碰到著名天文学家欧吉尔维，我可能也完全不知道一场灾难已悄然而至。他对这则新闻感到非常兴奋，在欣喜若狂的情绪渲染下，他竟邀请我晚上和他一起轮流观察那颗红色的行星。

自那晚后，发生了许多事情，但我至今依然清晰地记得那次守望火星的情形：夜色沉寂，天文台一片漆黑，拐角处忽闪的灯笼在地面投下惨白的微光，天文望远镜的发条装置嘀嗒嘀嗒地响着，房顶裂开了一条细长的口子，正好看到大量的星球尘土笼罩在上方。黑夜中，我虽然看不见欧吉尔维，但却听得出他在房间里四处走动。透过天文望远镜，我们看到一个深蓝色的圆形小行星在太空中游动。它看起来就是一个小小的东西，那么明亮，那么宁静，由于嵌着淡淡的横条纹，看起来并不是绝对的圆，而是有些扁平。多小的东西啊，看起来只有大头针般大的银辉非常温暖！它好像在颤抖，但其实是天文望远镜在抖动。为了密切观看这颗行星，我们得随时调节望远镜的发条，望远镜一动，它也跟着动。

轮到我观察了，这颗行星却看起来忽大忽小，忽进忽退，原来只是我的眼睛看累了。想想，它离我们有四千万英里啊——也许不止四千万英里。几乎没有人意识到尘雾迷蒙的茫茫太空是多么浩瀚。我记得，在火星附近有三束微弱的光——是三颗离我们很远，只有用望远镜才能看得见的星星发出的光，而它的四周是黑暗无边、深不可测的茫茫太空。你肯定能想象出清冷星光下的黑夜看起来有多死寂。在望远镜下，它看起来更深远幽邃。因为它那么遥远，那么小，我根本就无法看见它正向我们发射的东西。越过无边的阻隔，这个东西以每分钟上万英里的速度，迅速而又稳健地飞过来，离我们越来越近，这个东西将给地球带来无数的挣扎、灾难和死亡。在我观察它时，我从没想到过这一点，地球上也没有人想过有那枚毫发不差的导弹。

那晚，从遥远的行星上又喷射出另一股气流。这次，我看见了。当天文钟在午夜十二时敲响的那一刻，天际划过一道微红的闪光。我将看见的告诉欧吉尔维，他立刻凑到望远镜前。夜晚天气闷热，我觉得口渴极了，笨拙地伸了伸腿脚，摸黑走到小饭桌前拿起苏打水瓶喝水。此时，欧吉尔维望着直扑向我们的气体流光惊呼起来。

那夜，在第一枚导弹射出二十四小时后的一秒钟左右，另一枚肉眼无法看见的导弹开始了它的地球之旅。黑暗中，我坐在饭桌前，觉得眼前青一块红一块，真希望有打火机点燃一支烟，心里揣测着我所看到的微光究竟是什么，隐隐地担忧着它将带给我的不祥。欧吉尔维一直观察到凌晨一点钟才停下来，我们点亮灯笼往他的住所走去。山下，阿特尔索和切特斯笼罩在漆黑之中，成千上万的居民正静静地沉睡着。

那晚欧吉尔维一直在思索火星上的情况。他认为火星上有居民，他们正向我们发出信号的想法是平庸、可笑的。他的观点是：一阵陨星雨可能降落在那颗行星上，或者一场剧烈的火山喷发正在进行。他向我指出，在两颗临近的行星上有机生命以相同的方向进化是多么不可能。

"火星上存在像人一样的物种的概率是百万分之一。"他断言。

那天夜里和第二天午夜时刻，接着又在第三天夜里，数以百计的观察者看到了那团火光；持续十个夜晚，天空都出现了一团火光。为什么在第十次发射停止后，地球上也无人试着解释这一奇异的现象呢？也许是火星人发射导弹时产生的气体制造了极大的障碍。透过地球上任何一台强大的天文望远镜，浓浓的云烟或者尘雾看起来就像一块块小小的、灰色的、起伏不断的碎片，它们弥漫了整个行星，遮掩住人们较熟悉的火星特征。

甚至日报也在最后才意识到这些令人不安的事实，于是，有关火星上火山爆发的说法出现在各种报纸杂志上。我记得幽默杂志《笨拙周报》就以诙谐的笔调在政治卡通画里借用了这一事件。然而，越过茫茫太空的阻隔，火星人瞄准我们发射的那些导弹正以每秒数英里的速度冲向我们。一小时一小时地，一天一天地，它们离地球越来越近了。现在，令我觉得难以置信的是，人类竟然在厄运即将降临之际还跟往常一样忙着自己关心的小事。我还记得，当时马克汉姆为他编辑的画报弄到一张新的火星照片时，是多么兴高采烈。后来的人们很难意识到19世纪的报刊业是多么敬业，为读者提供了多么丰富的内容。我呢，一边忙着学骑自行车，一边忙着写系列论文，探讨有关随着文明进步，道德观念随之发展的可能性。一天晚上（此时，第一枚导弹可能距我们仅一千万英里远)，我和妻子出去散步。这时的天空星空万里，我向妻子讲解黄道十二宫的图像，并指出悬挂在天穹顶端的那颗明亮的星星就是火星。此时，许多望远镜都对准它、研究它、观察它。那晚，夜色温柔，一群来自彻特西或埃尔沃斯的游客从我们身边经过。他们唱着歌，弹着曲，欢快地赶回家。当人们上床休息时，从顶楼的窗户里透出一缕缕温暖的灯光。从远处的火车站传来拉长的汽笛声，火车正在转轨。轰隆隆的声音随着火车驶远，变得越来越弱，像一曲美妙的音乐。妻子叫我看那些悬挂在建筑物框架上的信号灯。在漆黑的夜空下，它们发出红色的、绿色的、黄色的明亮光芒，一切看起来那么安详宁静。

## 第二章　陨落的流星

第一颗陨星降落的夜晚来临了。在清晨，人们看见它直冲向温彻斯特东边，一束火焰照亮了高空。一定有很多人看见这一景况，但都认为它不过是一颗普通的陨星。安尔宾说，它尾巴上拖着的光束发出的微绿的光持续了好几秒。登宁——陨星研究方面最权威的专家认为它第一次出现的高度为九十至一百英里。在他看来，那颗陨星就落在他东边一百英里的地方。

那一刻，我正坐在家中书房写作。尽管房间的法式窗户正对着阿特尔索，百叶片也卷了起来（因为在那段日子里我喜欢抬头仰望夜空)，我却什么也没看见。当我坐在那里时，这个在所有曾到达地球的外太空的物体中最奇怪的东西一定降落到地球上了。要是在它经过时，我抬起头看一看，一定能见到它。那些目睹它飞行的人说它发出咝咝的声音。我自己却什么也没听见。在伯克郡、萨里郡和米德尔塞克斯郡一定也有许多人看见它降落，并且最多只会认为是另一颗陨星落下来了。看起来，那晚，没有人费心去寻找落下的那堆东西。

但是，可怜的欧吉尔维带着找到它的想法，一大早就起床了。以前，他见到过流星，并确信在霍塞尔、阿特尔索和沃金的公共地带上躺着一颗陨星。天亮不久，他果然找到了那颗陨星，它在离沙坑不远的地方。抛射体的冲击力在地上砸出一个巨大的坑。沙子和砾石被抛向欧石楠荒地的四面八方，形成无数土包，在一英里半远的地方都能看到。往东，欧石楠燃烧起来。黎明的晨空下，一缕蓝色的薄烟冉冉升起。

那个"怪东西"差不多全被埋在沙子里。一棵在它降落时被烧焦的杉树断成了碎片，分散在其四周。露在沙子外面的那部分像一个巨大的圆筒，一层厚厚的暗褐色外壳覆盖在上面，凝结成一块一块的，使其轮廓柔和了些许。它的直径大约有三十码。靠近那堆东西，看到它的庞大外形，他感到十分吃惊，更惊讶于它的奇特形状。因为大多数的，或者说几乎所有的陨星都呈圆形。由于在空气中运行产生了大量的热量，它还很烫，好像是阻止任何人进一步走近。圆筒内发出一阵骚动声，欧吉尔维认为这是内外的冷却速度不一致造成的。那时，他还根本没有想到圆筒可能是空的。

欧吉尔维一直站在那个"怪东西"为自己砸出的沙坑边，

盯着它那古怪的外形。他主要惊讶于它不同寻常的外形和颜色。同时，他又想查看一下哪些东西能表明它到来的目的。清晨，四周一片静谧，太阳正透过韦河桥的那片松树林，暖洋洋的。他记不得自己在那天早晨是否听到鸟鸣，但却肯定没有听到一丝风的声音，唯一的声音是从那煤渣色的圆筒里发出的轻微响动声。工地上就只有他一个人。

忽然，欧吉尔维吓了一跳。他看到覆盖在陨石上的一些灰色渣屑，即灰色外壳，正从其末端的圆形边缘处脱落，宛若雪花纷飞，落到了沙地上。一大块突然脱下来，坠到地上，发出一阵尖利的响声，他吓得心都提到嗓子眼儿了。

好一会儿，他都惊得不知道是怎么一回事。随即，他竟顾不得天气酷热难当，费力地爬到沙坑下，凑到那个庞然大物跟前，想看个究竟。甚至在那时，他还觉得这一切可能是陨石体冷却造成的。但，有一点又令他不安，那就是灰色外壳只从圆筒的底端脱落。

接着，他发现那个气筒的圆形顶部正在慢慢地旋转。圆顶旋转的速度是如此缓慢以至于他差一点儿没有注意到。幸好他注意到五分钟前离他很近的那块黑色标记，此时竟转到了圆周的另一边，否则他是无法觉察那缓慢的旋转的。即使这样，他还是不明白这意味着什么。直到听见一个沉闷刺耳的声音，看见那黑色的标记又猛地往前移了一英寸左右，他才恍然大悟，气筒是造出来的——里面是空的——并且一端是用螺丝拧紧的。圆筒里的东西正在旋开顶部!

"天哪!"他惊呼道,"有人在里面!有人在里面!烤得半死!正设法逃出来!"

他的思维变得活跃起来。他立刻将那个"怪东西"和火星上的火光联系起来。

真恐怖,竟有人困在里面!想到这儿,他忘记了酷热,走近圆筒,想帮忙把盖子旋开。但幸运的是,不太强烈的辐射让他停了下来。否则,他的双手可能已被依旧发光的金属烫伤了。他犹豫不决地在那儿站了一会儿,然后转过身,费力地爬出沙坑,接着发疯似的向沃金飞奔而去。六点左右,他碰到一个马车夫并努力让他相信他所讲的一切。但他的故事和他的样子——他的帽子掉到了沙坑里——一样的疯癫,马车夫只顾往前赶路。在霍塞尔大桥旁,一个店员正打开酒店大门。欧吉尔维走过去告诉他发生的事,店员同样也不相信他的话,甚至认为他是一个从疯人院跑出来的疯子,要把他关在酒吧间里,幸好他跑了出来。这使得他稍微冷静下来,所以当他看见伦敦新闻记者亨德森在自家花园里干活时,他便隔着木栅栏招呼他,尽力让亨德森明白他所讲的。

"亨德森,"他喊道,"昨晚你看见那颗流星了吗?"

"怎么啦?"亨德森问道。

"现在它就在霍塞尔工地上。"

"天哪！"亨德森惊呼起来，"掉下的陨星！太好了！"

"但它不仅是一颗陨星。老兄，是一个圆筒——造出来的圆筒！里面还有东西！"

亨德森站了起来，手中握着铁锹。

"是什么？"他问道。他一只耳朵聋了。

欧吉尔维将自己见到的一切告诉了他。过了一分钟左右，他才明白欧吉尔维所讲的。然后，他放下铁锹，抓起夹克，冲到马路上。他俩立刻赶回工地，发现那个圆筒还躺在原来的地方，但里面不再发出声响了，圆筒顶部和筒身之间现出一道薄薄的闪闪发光的金属圈。不知是空气进入圆筒，还是从里面逸出，边缘部位咝咝作响。

他们侧耳倾听，又用棍子敲打烧得起壳的金属，却什么反应也没有。他们一致认为里面的那个人或者那些人不是失去知觉就是死了。

当然，光靠他俩，什么事也做不成。于是，他们大声地说了一些安慰之词，许下一些诺言，便又返回镇上寻求帮助。完全可以想象，他们此时一定满身是沙，情绪激动，甚至有些狂乱。在明媚的阳光下，当店伙计拉下百叶窗，人们推开卧室的窗户时，他俩正沿着狭窄的街道狂奔。为了把消息传给伦敦，亨德森立刻冲进火车站发电报。早些时候新闻报纸上有关火星的文章使人们有了很好的心理准备，大家都相信了这件事。

到八点时，许多男孩子和失业人员就已出发去工地了，要看"火星来的死人"。人们都是这样说的。八点四十五分，我正准备出去取《每日新闻》时，就听到送报的男孩这样说，那是我第一次听说此事。很自然，我感到惊骇万分，立刻就冲出门，跑过奥特肖大桥，直奔沙坑。

## 第三章　在霍塞尔工地上

我看见一小群人，有二十来个，围在躺着那个庞大圆筒的沙坑边上。在前一章我已经对那个深陷在地中的庞然大物做了描述。它四周的草皮和砾石好像在一场突然的爆炸中化为焦土。毫无疑问，是下坠冲击力引起了一场大火。亨德森和欧吉尔维都不在那儿。我猜他们一定是见眼下什么也做不成，便抽空到亨德森家吃早餐去了。

四五个男孩坐在沙坑边上，双脚悬在坑里，往那庞然大物上扔石子取乐。我走过去，制止了他们。我刚说完，他们又开始在围观的人群里挤进挤出，你碰我一下，我揎你一下，玩开了。

人群中有几个骑自行车的人，一个我偶尔雇用的花匠，一个怀中抱着婴儿的女孩，屠夫格瑞格和他的小儿子，以及两三个经常在火车站周围闲逛的流浪汉和高尔夫球童，他们很少说话。那时英国的普通百姓中，对天文知识略知一二的人很少。圆筒跟亨德森和欧吉尔维离开时一样，他们中的多数人就静静地盯着它那饭桌般的尾部看。我猜想，他们一定满心指望会看到一堆烧焦的尸体，见到这个毫无生气的大家伙时，一定失望极了。我待在那儿时，就有一些人离开了，但又有其他人来。我吃力地跳到沙坑里，不知道是不是幻觉，我听到脚下有轻微的移动声。圆筒的顶部肯定早已停止旋转了。

只有距离这个东西这么近，我才完全看清楚它的样子有多怪。第一眼见到它，会觉得它没有什么值得大惊小怪的地方，只不过像一辆翻了的四轮马车或被吹落到路上的一棵树。真的，它没有什么了不起的，看起来就像一艘生了锈的充气艇。要认出那个"怪东西"的灰色鳞壳不是一般的氧化物，以及盖子和圆筒体之间微黄中泛白的金属发出的不同寻常的光泽，需要有一定的科学知识。大多数的旁观者对"外星球"没有一点概念。

那时，我心里十分清楚那个"怪东西"来自火星，但我却认为里面有任何活着的生物是不可能的。我想顶部螺丝旋转可能是自动的。不管欧吉尔维怎么想，我还是相信火星上有人。我浮想联翩，想着里面装有手稿的可能性，随之而来的翻译会有多难，以及里面会不会找到钱币或模具，等等。然而，那么大的东西只装着我想的这些东西，好像不太可能。我迫不及待地想看到盖子打开。可是，到十一点左右，还是没有丝毫动静。我只好返回位于梅柏里的家，一路上心事重重，发现要着手研究我先前苦思冥想的课题已经很困难了。

下午时分，工地上已是另外一番热闹非凡的景象了。各家晚报发行的清晨版都采用了特大号字体发表了诸如下面的头版标题：

《来自火星的消息》

《来自沃金的特大新闻》

这震惊了伦敦。此外，欧吉尔维发到天文信息交换站的电报震动了三个国家的天文观察台。

在沙坑边的马路上，停着六辆或更多从沃金车站来的出租马车，从乔布汉姆来的轻便马车和一辆相当豪华的四轮马车，还有相当多的自行车。再加上那些不顾炎热天气，从沃金和彻特西步行而来的人，沙坑边上已是人头攒动——其中，还有一两位打扮得花枝招展的女士。

骄阳似火，天空中没有一丝云彩，也没有一丝风，只有稀稀拉拉的几棵松树在地上投下的影子。烧着的欧石楠的火已灭了，但往奥特肖看去，目之所及，地面一片焦黑，一股股黑烟直冲冲地往天上腾起。一个在乔布汉姆路上卖甜品的勤奋商人打发他的儿子，推着一辆装满青苹果和姜啤的手推车吆喝起来。

挤到沙坑边，我看见里面站着六七个人——亨德森，欧吉尔维，一名个子高高、满头金发的男子（我后来才知道他叫斯滕特，是皇家天文协会会员），还有几个挥舞着铁锹和丁字镐的工人。斯滕特站在已明显冷却了许多的圆筒上，指挥着工人。他声音清晰，嗓音很高，却满脸通红，汗水直流，显得烦躁不安。

圆筒的大部分已经露出来了，只有下端还深陷在坑中。欧吉尔维看到我站在人群中在沙坑边观看，立即叫我跳下来，问我愿不愿意去见庄园主希尔顿勋爵。

他说，越聚越多的人群严重妨碍了他们的挖掘工作，尤其是那些淘气的男孩。他们想在四周搭一圈轻便的栏杆，把人群挡住。他告诉我，偶尔还能听到缸子里轻微的移动声，但工人还不能把顶部拧开，因为上面没有供他们抓紧使劲的东西。缸子显得出奇地厚，因而，我们听到的微弱声音在里面可能是嘈杂喧闹的声响。

我欣然应允。这样，我成了一个在默默观望的人群中享有特权的人。我没有在希尔顿勋爵家中找到他，却被告知他将从伦敦返回，乘坐的是下午六点从滑铁卢开出的火车。而那时已是五点一刻，我便回家喝了些茶，然后步行到火车站去接他。

# 第四章　圆筒打开了

当我返回工地时，太阳快下山了。从沃金方向来的人群，三三两两，匆匆往工地赶，却也有一两个离开回家的人。沙坑边的人数量增多了，在橘黄色的天空下，黑压压地站成一片——也许有数百人。有人扯着嗓门儿叫着，沙坑周围好像出现了什么骚动。奇怪的幻影浮过我的脑海。当我走近一点时，听到斯滕特吼道："退后！退后！"

一个男孩向我跑过来。

"它在动，"从我身边经过时，他惊恐地说，"它从里面封死，又要旋开。我不喜欢看了。我要回家了，要回家。"

我继续往前走向人群。如我估计，真的有两三百人，他们摩肩接踵，你推我挤，其中的一两个女士也毫不示弱。

"他掉到沙坑里了！"有人叫起来。

"往后退！"几个人说道。

人群退了一点，我好不容易挤了进去。每个人都显得十分兴奋。我听到从沙坑处传来奇怪的嗡嗡声。

"我说！"欧吉尔维嚷道，"帮忙把这些傻瓜挡住。你瞧，我们不知道这该死的东西里有什么！"

我看见一个小伙子，应该是沃金的一个店伙计，正站在圆筒上，努力想爬出沙坑。人群把他推了下去。

圆筒的尾部正从里面往外旋开。差不多有两英寸长的螺丝，发着光，伸了出来。有人跌跌撞撞，倒在我身上，差一点把我撞到螺丝顶部。我转过身，螺丝肯定就在这一瞬间伸了出来，因为圆筒的盖子叮叮当当摇摆着，掉在了砾石上。我用手臂使劲挡住身后的人，然后又转头向那个"怪东西"望去。好一会儿，那个空穴看起来一团漆黑。夕阳映入我的眼帘。

我猜，每个人都期望看到出现的是一个人——也许有些地方跟我们地球上的人不大一样，但总的来说，本质上是人。我明白，我也是这样指望的。但我却看见阴影里有东西在翻滚：灰色的巨浪，一个高过一个，接着显出两个像眼睛一样发光的圆盘。然后，像小灰蛇一样粗如手杖的东西，从扭动的中部盘旋而立，在空中蜿蜒扑向我——然后又扑向另一个人。

突然，一阵寒战袭向我。身后，一个妇女在大声尖叫。我一边半转过身，从沙坑边使劲往后挤，一边扭头紧盯着圆筒看。现在，其他的触角正从里面伸出来。在我周围人的脸上见不到惊讶了，代之而来的是恐慌，到处都发出语无伦次的惊呼。人群如潮水般往后退。那个店伙计还在沙坑边苦苦挣扎。接着，我发现只剩下我一个人了，沙坑另一边的人全都跑光了，斯滕特也在其中。我又看了看圆筒，无法抗拒的恐怖感紧紧地攥住我。我呆呆地站在那儿，眼睛直愣愣地看着前方。

一个圆圆的，可能跟熊差不多大小的灰色大家伙，从圆筒里缓慢而痛苦地站立起来。接着，他把身体鼓起来，在余晖照射下，闪闪发光，犹如湿淋淋的皮革。

他两只硕大的黑眼睛目不转睛地盯着我。框住眼睛的那团东西，即头部，圆圆的，可以说有一张脸。眼睛下是嘴巴，没有嘴唇的边缘正在颤动，喘着粗气，口水直淌。那家伙整个身子都在起伏，痉挛似的抽动。一只细长的触角附属物紧紧抓住圆筒的边缘，另一只在空中摇摆。

那些从没见过活生生的火星人的人几乎不能想象他的样子有多怪异，恐怖。奇特的V形嘴，尖尖的上嘴唇，没有眉毛，在楔形的下唇下方，见不到下巴，嘴巴不停地颤抖，跟蛇发女怪戈尔戈一样的触角，肺部在奇怪的气体中发出嘈杂的呼吸声，由于地球重力的缘故，行动明显沉重、费力——尤其是那双硕大的双眼发出不同寻常的、咄咄逼人的光——这立即表明它们是有活力、有热情的，但又不是人，残缺不全，狰狞恐怖。在油嗒嗒的棕色皮肤上长有真菌状的东西。当他笨拙、迟缓、呆板地移动时，那些东西说不出有多么令人恶心。甚至在我们初次相遇，我第一眼瞥见他时，内心就充满了恶心和恐惧。

突然，那个怪物消失了。在圆筒的边缘，他轰然倒下，发出的沉闷声就如同一大捆皮革掉落在地上。我听见他怪叫一声，接着另一头怪兽从黑乎乎的缝隙阴影中冒出来。

我转过身，发疯般地撒腿就跑，冲向一百码之遥的一个树丛；但我跑得歪歪倒倒，跌跌撞撞，因为我根本就不能避开眼而不看这些东西。

我在矮小的松树和荆豆丛中停下来，喘着气，等着看会发生什么。沙坑周围的工地上，稀稀拉拉站着几个人，跟我一样，吓得呆若木鸡，傻傻地盯着这些怪物，或者更确切些，盯着那些沙坑边躺有怪物的成堆砾石。接着，我又看见一个圆圆的黑色东西在沙坑边上上下下蹿动。顿时，又惊恐万分，是那个掉到沙坑里的店伙计的脑袋，在火热的夕阳西下的天空映衬下，它看起来像一个黑色的小东西。此刻，他已费劲地伸直了肩膀和双膝，却又像要滑下去似的，只露出头在外面。突然，他不见了，恍惚中，我好像听到一声微弱的惨叫声。我甚至有一种冲动，想冲回去帮他，但恐惧让我却步。

那时，一切都看不见了，掩藏在圆筒掉下来时砸出的深坑和沙堆中。任何从乔布汉姆或沃金来的人，走在这条路上，看到眼前的情景，一定会被惊呆——人不断减少，只有一百人左右，有的站在一个不成形的大圆圈中，有的躲在沟里，有的躲在树丛后，有的躲在工地的大门后或树篱后，彼此之间极少交谈，只听到偶尔有人发出短促、激动的喊叫声，大家都死盯着几堆沙土。在火红的天空下，装有姜啤的手推车孤零零地立在那里，黑黝黝的，像被人遗弃的怪家伙。一排被丢弃的马车掉到沙坑里，马儿有的从套在颈上的饲料袋里找食，有的用蹄子踢蹬着地面。

## 第五章　初识"热射线"

　　在瞥见火星人从搭载他们到达地球的圆筒中冒出来后，我竟被他们迷得有些神魂颠倒，不能行动。我站在齐膝高的欧石楠丛中，双眼紧盯着挡住他们的沙丘，内心既恐怖又好奇。

　　我不敢再走回沙坑，但又热切地渴望看到他们，好一窥究竟。因而，我开始绕着大圆筒往沙坑走，一边寻找有利的地形，一边不断看着那堆藏着地球不速之客的沙丘。顷刻，一根细细的黑色鞭子，像章鱼的触手一样，在落日的余晖中一闪而过后，又立刻缩了回去。过了一会儿，一根细细的杆状物又升了起来，一节连一节，顶端挂着一个不停抖动旋转的圆盘。那边究竟发生了什么呢？

　　大多数围观者聚成两群——一小群往沃金方向赶，另一小群往乔布汉姆方向赶。很显然，他们跟我一样内心充满矛盾。

我周围几乎没有人了。我走近一个人——尽管我不知道他的名字，但我还是认出他是我的一个邻居——开始跟他搭话。但此时根本不可能清楚地交谈。

"多丑陋的畜生啊！"他说，"天哪！多丑陋的畜生！"他一遍又一遍地重复着。

"你看见沙坑里有人吗？"我问道。但他没有回答我。我们都沉默不语，肩并肩地站在那儿观望了一会儿。我想，在彼此陪伴中，我们都获得了某种安慰。接着，我挪了挪位置，站到一个小土墩上，这样可以获得高出一码的眺望优势。待我又回头寻找他时，他正朝沃金走去。

黄昏退去，暮色升起，什么也没再发生。往左眺望，远处，往沃金去的人好像在不断增多，从人群中还隐隐传来低语声。往乔布汉姆去的一小群人已走散了。沙坑里看不出有任何动静。

我想，正是这份平静让人们有了勇气，加上从沃金又新赶来些人，也有助人们恢复信心。无论怎样，当暮色降临，沙坑里又传来缓慢的、时断时续的移动声。由于夜色蒙蒙，一片寂静，这个声音好像越来越大。三三两两的黑色影子，直直地开始向前移动，时而停下，时而张望，呈不规则的新月形在工地上散开，月梢处人群稀少，他们要向沙坑处合拢。我呢，也从我这边开始朝沙坑移动。

此时，我见一些马车夫和其他人胆大地走进沙坑，又听见的马蹄声，吱嘎作响的车轮声。一个少年推着装有苹果的手推车在飞奔。接着我注意到，距沙坑不到三十码的地方，一小群人，黑压压地从霍塞尔方向走来，队伍的前方，有人挥舞着一面白色旗子。

他们是代表团成员，刚匆匆开完一个磋商会议。他们认为，不管火星人的外表多么令人厌恶，但很显然是智能动物。因此，他们决定，我们应接近他们，向他们发出信号表明我们也是智能生命。

旗子在空中从左到右猎猎飞舞。我离他们太远了，认不出任何人。但后来，我听说欧吉尔维、斯滕特和亨德森都在这些想和火星人沟通的代表中。这一小群人在行进中吸引了一些人加入，就好像把现在已快形成的圆圈的圆周往里拉进了些。他们身后跟着许多黑色的人影，谨慎地和他们保持着一定距离。

突然，一道亮光闪过，从沙坑处冒出许多明亮的微绿的烟雾，形成清晰的三股，一股紧接一股，直直地冲上寂静的夜空。

这烟雾（火焰，也许才是更准确的词）是如此明亮，以至于在它们升起时，头顶的深蓝色天空以及黑压压松林覆盖下的、向彻特西伸展的、朦胧的褐色工地也顿时黯然失色。待它们消散后，一切变得更暗了。与此同时，一阵微弱的咝咝声变得清晰可辨。

越过沙坑，站着一小群人，站成了楔形，楔顶是那面白色的旗子。他们被眼前的景象吓呆了，不敢挪动，在漆黑的地面上投下一团小小的身影。当绿烟升起时，火光下，映出他们惨绿的脸庞；绿烟散尽，他们的脸庞又隐去了。接着咝咝声徐徐变成哼哼声，最后，变成又长又响亮的嗡嗡声。一团驼峰般的东西从沙坑中缓缓地冒出来，一束幽灵般的灯光好像在驼峰中摇曳不定。

猛然，从稀疏的人群中跃出一道道真正的火焰，接二连三地吐出一股股明亮耀眼的火舌。好像某种隐形的喷气流冲击在他们身上，火星四溅，形成白色的火焰。每一个人都好像在顷刻间着了火。

在毁灭他们的火光照耀下，我看见他们步履蹒跚，接着纷纷倒下。他们的支持者转头就跑。

我驻足凝视，好像还没有意识到在远处那一小群人之间，从一个扑向另一个的正是死亡。我只是觉得那是非常奇怪的东西。一道灼目的亮光闪过，没有一点声响，一个人倒下后，便一动也不动了；当无形的"热射线"掠过时，松树林立即燃起熊熊大火；每一片荆豆丛都噼噼啪啪地烧起来，腾起大团火焰。眺望远方的南普山，只见树木、树篱和木屋在漫天火光下一片通亮。

这道死亡之火，快速而又稳健地席卷四周。这把无形的热之利剑，让人无处可逃。我见它顺着火光闪闪的灌木丛直冲我而来，顿时吓得目瞪口呆，不能动弹。我听见沙坑里噼里啪啦的火焰声，一匹马突然嘶鸣一声，又突然不叫了。接着，仿佛一只无形而又滚烫的手指划过火星人和我之间的欧石楠一样，沙坑前黑黢黢的地面沿着一道曲线噼里啪啦地裂开，青烟直冒。远处左面，沃金车站通向工地的公路裂开了，一个东西哗啦一声倒下。立即，咝咝声和哼哼声停止了。黑色的，圆屋顶般的东西缓缓地往沙坑里掉，逐渐没了顶。

这一切发生得那么迅速。我站在那儿，一动不动，被闪光射得头晕目眩，呆若木鸡。要是那道死亡射线呈圆圈形式扫射过来，那我准会还没回过神来就被杀死了。但它竟只从我身边掠过，饶我一命。夜色下，我周围一片漆黑、怪异。

此刻，起伏的工地看起来像墨一样黑，只有工地上的一条条道路在傍晚深蓝色天空的映衬下，呈现灰白色。黑茫茫的工地上突然空无一人。仰望天穹，西边天空还挂着一抹明亮的、淡淡的微绿云彩，星星却越来越多。在西边天空余晖的映照下，松树林的树梢和霍塞尔的房屋顶忽隐忽现。除了系在细杆上那面镜子还在不停地晃动外，火星人和他们的设备都看不见了。四处可见一丛丛灌木和一棵棵孤零零的树静静地冒着烟，发着光。沃金车站方向的房屋喷出一圈圈的烟火，盘旋而上，直冲向寂静的夜空。

除了这些以及可怕的惊怵外，一切都没有改变。那一小群挥舞白色旗子的人，像黑色的斑点般被扫除，消尽了。我只觉得，好像什么也没发生过，夜色的宁静也从未被打破过。

我突然意识到，在这片漆黑的工地上，只有我一个人了，无所保护，孤立无助。恐惧，就像不知从何而来的东西掉在我身上一样，吞噬着我。

我吃力地转过身，开始踉踉跄跄地跑起来，穿过了那片欧石楠。

我感到恐惧，但这并不是理智的恐惧，而是害怕火星人以及笼罩在我四周的暮色和死寂引起的惊慌。这种惊慌竟使我的男子气荡然无存，我像小孩一样边抽泣边跑。一旦我转过身，就再也不敢回头张望。

现在我依然记得，那时我强烈地认为自己正被人戏弄。只要我一觉得自己安全了，那神秘的死神，就会以光穿行的迅猛之势，立刻从圆筒所在的沙坑内一跃而起，扑向我，将我击倒。

## 第六章　乔布汉姆路上的"热射线"

火星人怎么能如此迅速而安静地将人杀死依然是一个谜。许多人认为，他们能以某种方式在几乎绝对绝缘的缸体内产生强烈的热能，就像灯塔的抛物线状的镜子投射出光束一样，他们通过一个成分不明的、抛物线状的明亮镜子，将强烈的热能以平行光射向他们所选中的任何物体。但是没有人能完全证明这些细节。不管怎样，毋庸置疑的是，热能光束是整个过程的核心。是无形的热能，而不是可见的光。它所及之处，不管是不是易燃的东西，都会燃起熊熊大火，铅像水一样流淌；它使钢铁软化，玻璃开裂、熔化；当它落到水中，水立即产生蒸汽，轰然爆炸。

那夜，星光下，四十来个人躺在沙坑周围，被烧得如同焦炭，面目全非。从霍塞尔到梅柏里的工地，空无一人，火光冲天。

大屠杀的消息可能已同时传到了乔布汉姆、沃金和奥特肖。当悲剧发生之时，沃金的商店全都关门了。许多人，包括店伙计和其他人，被他们听到的故事吸引了，纷纷穿过霍塞尔大桥，行走在通向工地那树篱之间蜿蜒的马路上。你可以想象，经过一天的劳累后，年轻人都梳洗打扮一番，把这件新鲜事当作好机会，就像把任何新鲜事都当作好时机一样，凑在一起轧轧马路，无伤大雅地调调情。你也可以想象，黄昏薄暮中，沿路人声鼎沸。

当时，尽管可怜的亨德森已派了一名信使骑着自行车到邮局给晚报发加急电报，在沃金仍然几乎无人知晓圆筒已经打开了。

当这些人三三两两地走出来，到达野外时，只见小股人群一边兴奋地谈论着，一边窥视沙坑上空那面不停旋转的镜子。毫无疑问，这些新来的人不久也被这股兴奋劲儿感染了。

到八点半，代表团全军覆没之际，除了那些离开马路，更靠近火星人的人，这个地方可能还聚集了三百人之众。还有三名警察，其中一个骑在马上，他们遵照斯滕特的指令，正竭尽全力地拦住人群，防止他们靠近圆筒。那些轻率、易冲动的人发出呸呸的讥笑声，对他们来说，人多正是喧嚣打闹的时候。

斯滕特和欧吉尔维预计人们可能和火星人发生冲突。早在火星人刚出现时，他们就从霍塞尔向驻军营发了电报，请求派一连的兵力以防这些怪家伙受暴力侵犯。随后，他们就转回去，率领代表团前进，走向死亡。目睹他们死去的人群描述了当时的情形，与我的印象十分吻合：三股绿色的烟雾，沉闷的哼哼声和一道道闪闪发光的火焰。

但是那群人死里逃生的经历要比我更惊险。幸亏一堆欧石楠丛生的沙丘拦截了"热射线"的下部，他们才得以逃脱。要是抛物线状的镜子再多高出几码，没有人可以幸存下来并讲述这个故事了。他们看见火光闪现，人一个个倒下。仿佛，一只无形的手点燃了灌木丛，穿过苍茫的暮色，急匆匆地划向他们。接着，响起一阵呼啸声，盖过了沙坑处的嘶嘶作响声。那道光束紧贴着他们的头顶扫过，点燃道路两边山毛榉树的树梢，震坏墙砖，击碎窗玻璃，燃烧窗框，推倒最近角落处一幢住房山墙的一角，将其粉碎成废墟。

在突然发出的砰砰声、哐哐声和吐着火舌的树丛中，人们吓得惊慌失措，好像下不了决心跑，犹豫了好一会儿。火花和燃烧的小树枝开始纷纷落到地上，孤零零的树叶就像一股股火焰。他们的帽子和衣服都着火了。接着，从工地处传来一声大喊，然后是惨叫声和吼叫声。突然，一个警察骑着马，闯过骚乱的人群，疾驰而来，双手紧紧抱着头，大声尖叫。

"他们来了！"一个妇女惊叫。顿时人人都扭转身子，使劲推开挡住他们道路的人，像迷失的羊群般盲目地往沃金方向一路猛冲。在高高的河堤间，道路变得又窄又黑，人群堵成一团，开始拼命地挣扎。那一群人并非全都逃过这一劫了，至少有三个人——两个妇女和一个小男孩被挤倒了。人群踩过他们的身体，在恐怖与黑暗中，他们慢慢死去。

## 第七章　逃回家

至于我呢，逃亡路上发生的事情我已记不清了，我只记得自己踉踉跄跄地穿过欧石楠丛，撞到树上，碰得生疼。火星人的恐怖笼罩在我四周；那无情的热之利剑来回旋转，好像就在我头顶挥舞，随时都可能落下，将我击毙。我跑到了霍塞尔与十字路之间的那条道上，沿着那条道路直奔十字路而去。

最后，由于内心恐惧至极，一路逃窜，我累得筋疲力尽，再也走不动了，跌跌绊绊倒在路边。就在横跨煤气厂旁的运河的那座大桥附近，我倒下了，躺在那儿一动也不动。

我一定在那儿躺了好一段时间。

我坐了起来，觉得很奇怪，搞不清自己怎么到了这儿。我迷惑不解地想了好一会儿。突然，恐怖像衣服般从我身上褪下，消失得无影无踪。我的帽子不见了，领夹也松了，衣领散开。几分钟之前，我的眼前只有三件真实的事情——无边的黑夜、太空和自然，我自身的软弱和痛苦以及近在咫尺的死亡。而此时，就像把某样东西翻转过来一样，我的看法突然改变了。从一种精神状态到另一种精神状态，没有合理的过渡。我立即成了每日生活中那个体面的普通市民。寂静的工地，逃跑的冲动，四蹿的火焰，好像都只是一场梦。我问自己，这些才发生的事情是真的吗？我不能确信。

我站了起来，摇摇晃晃地爬上大桥陡峭的斜坡。我的大脑一片空白。我的肌肉和神经好像被抽空一般，毫无力量。我敢说，我跟跟跄跄地，就像一个醉汉。拱门处，冒出一个人来，一个工人模样的人提着一个篮子出现了，旁边跟着一个小男孩。我本想跟他说几句，但却没有。只是当他向我点头问好时，咕哝了几句无意义的话，就继续过桥。

梅柏里拱门上方，一辆火车，冒着火光闪闪的滚滚白烟，拖着长长的灯火明亮的履带式车厢向南方飞驰而去——铿铿锵锵，哐哐啷啷——不一会儿，已消失在远方。在有着一小排人字形墙的"东方街"上，一群朦胧的人影在一幢房子的大门前高谈阔论。一切是如此真实而又熟悉。而先前发生的事，又多么疯狂，多么荒诞！我不断地告诉自己，它们不可能是真实的。

也许我是一个具有不同寻常情绪的人。我不知道我的体验有多么不平凡。有时我会产生怪异无比的感觉，觉得我好像不是我自己，脱离了周围的世界；像一个旁观者，我在一个远得不可思议的地方从外面看着这个世界，超越了时间，超越了空间，超越了这个世界的压抑和忧伤。那夜这种情绪又强烈地涌上心头。这也能解释也许那些事只是梦境一场。

但问题是，眼前的这份宁静与那边不到两英里远的地方死神的横行是多么不一致。从煤气管道工地传来一阵忙碌声，所有的电灯都亮了。我在那一群人前停了下来。

"有工地的新消息吗？"我问道。

门前站着两个男人和一个妇女。

"嗯？"其中一个男的说着转过身来。

"有工地的新消息吗？"我又说了一遍。

"你不是刚从那儿回来吗？"他问我。

"人们好像都在愚蠢地谈论着工地。"那妇女倚着大门说，"究竟出了什么事？"

"难道你还没听说火星上来的人吗？"我说，"从火星来的怪物。"

"已经听得够多了。"那妇女说，"谢谢啦。"接着，三个人都哈哈大笑起来。

我觉得自己蠢极了，又气又恼。我尽可能想跟他们讲清楚自己的所见所闻，却结结巴巴，他们又大笑起来。

"你们还会听到更多火星人的事儿。"我说完后，便继续往家走。

在房门前的小径上，我碰见妻子。见我面容枯槁，妻子大惊失色。我径直走进餐厅，坐下来，喝了些酒。待我稍微恢复镇定，我就跟她讲述了我的见闻。在我讲述时，谁也没去动一下早就端上桌的晚餐。我讲完时，饭菜已变凉了。

"有一件事可以确定，"为了缓解由我激起的恐惧，我说道，"他们是我所见过的爬行动物中最懒惰的。他们可能就占据那个沙坑，谁要靠近他们就杀死谁。但他们不会走出那个沙坑……可是，他们太可怕了！"

"别说了，亲爱的！"妻子眉头紧锁，把手放在我的手上。

"可怜的欧吉尔维！"我说道，"想想，他也许死在那儿了！"

至少我妻子并没觉得我的经历难以置信。当我见她的面容变得惨白，我突然停下不说了。

"他们可能来这儿。"她一遍一遍地重复着。

我逼着她喝了些酒后，便尽力安慰她。

"他们几乎不能移动。"我说。

我开始重复欧吉尔维所说的外星人不可能在地球上出现的那套言辞，既宽慰她也宽慰自己。我尤其强调重力给他们带来的困难。在地球表面，重力是火星的三倍。因此，一个火星人在地球上会比在火星上重三倍，而他的肌肉重量却保持不变。

这样火星人的身体将会成为一个跟铅一样重的斗篷。的确，大家都普遍这样认为。比如，第二天早晨的《泰晤士报》和《每日邮报》坚持这个看法。他们跟我一样都忽视了两个明显可以改变这个问题的影响力。

现在我们都知道，地球上的大气比火星上的大气含有多得多的氧气，或者说含有少得多的氩气（换任何说法都行）。火星人在地球上获得更多的氧气后，他们会更有活力，这毫无疑问会大大削减他们身体增加的重力。我们都忽视的第二个事实是：既然火星人拥有如此高的机械智能，那在关键时刻，他们就可以不借助肌肉力量，照样行动。

但在那个时候，我没有考虑到这两点。因而我的推证是，外太空人入侵根本不可能。饭桌上的美酒和美食又令我信心大增，加之还得安慰我的妻子，我不知不觉变得勇敢、安心起来。

"他们干了一件蠢事，"我边说，边用手指拨弄酒杯，"他们非常危险，但毫无疑问是恐怖让他们如此疯狂。也许他们没想到会发现活着的东西——当然更没想到有活着的智能生命。"我说，"如果事态越变越糟糕，往沙坑里丢一颗炮弹，我们就会将他们统统杀死。"

这样的事件太激动人心了，我的大脑一直处于兴奋状态。至今，在我的记忆深处，那天晚餐的情景依然栩栩如生。在粉红色的灯光下，我亲爱的妻子仰起甜美的脸庞，焦虑地盯着我，雪白台布上搁置的银质的和玻璃的餐具熠熠生辉——在那时，即使哲学家似的作者也拥有许多小小的奢侈品——酒杯中绯红的葡萄酒，这一切都如画般清晰。晚餐后，我坐在那儿，边用一支烟烤着核桃使其变软，边惋惜欧吉尔维太鲁莽，并大声指责火星人短视的怯懦行为。

我就好比在毛里求斯岛上某只值得尊敬的渡渡鸟，当一船想要吃动物肉的铁石心肠的水手到来时，它在自己的鸟巢里大逞威风，用轻松的语调跟它的伴侣说："亲爱的，明天我们就会把他们啄死。"

我那时还不知道，这已是我最后一顿得体的晚饭，后来的很多个奇异恐怖的日子里，我都吃不到这样的饭了。

## 第八章　星期五之夜

在星期五发生的所有怪异之事中，对我来说，最异乎寻常的就是我们社会秩序的日常习俗与这一系列事件的发端完全吻合，而正是这个发端将颠覆我们的社会秩序。如果在星期五的晚上，你带了一个罗盘并以沃金的沙坑为圆心，画一个半径为五英里的圆圈，我怀疑在圆圈之外，是否有一个人的情感或习惯被这些造访者所影响，除非他是斯滕特，或那三四个骑自行车的人，或者是死在工地上的伦敦人的某个亲戚。许多人都听说了圆筒的事，但它所造成的轰动远不及我们发给德国的最后通牒那么大。

尽管可怜的亨德森那夜就向伦敦发出电报，详细描述了圆筒顶部逐渐旋开的情况，却被伦敦人当成谣传谎报。他所在的报社给他写信想确定一下事件的真实性，却没有收到回信——

他已经被杀死了——就决定不发特刊。

甚至在这个五英里圆圈内，大多数人对此都反应冷淡。前面我已描述了跟我交谈的男男女女的表现。其实，整个地区内，人们都在吃晚饭；工人们劳累一天后，在院子里摆弄花草；母亲打发小孩子上床；年轻人漫步在街头巷尾，谈情说爱；学生们伏案苦读。

也许，在乡村街头巷尾也有过嘟嘟囔囔的议论，在酒馆里人们也把它当作新鲜的话题，高谈阔论；也许，邮差或事件最新进展的目击者掀起过一阵激动的旋风，引起过一声惊呼或一阵慌乱奔跑。但是，就那天的大部分时光而言，人们照旧做着日复一日年复一年都会做的事情：干活、吃饭、喝酒、睡觉——好像天空中根本就没有火星一般。即使在沃金车站、霍塞尔和乔布汉姆，情形也是如此。

直到灾难前一小时，沃金车站内，火车有的停下来，又出发了，有的在岔线上转轨；乘客们有的正登上火车，有的站在那儿等火车来。一切都跟往常一样。一个从城里来的报童，侵犯了史密斯的专卖权，叫卖着登有下午新闻的报纸。"火星人来了"，报童们的叫卖声和货车的咔嗒声、火车引擎的尖啸声交织成一片。大约晚上九点，一些激动的人进入了车站，带来了难以置信的消息，但引起的骚动却比不上醉汉。坐着火车往伦敦去的人，透过车厢窗户，只会看到，霍塞尔方向，罕见的、忽闪的火花在黑暗中跳跃，星空下，现出一道红光，一缕薄烟冉冉升起。他们还认为那只是欧石楠燃了起来。只有在工地边缘附近，才会看到骚乱的迹象。沃金边界上，五六幢别墅燃起熊熊大火。在工地边上的三个村庄，所有的房子都灯火通明，人们通宵未眠。

乔布汉姆和霍塞尔两座大桥上，一群好奇焦虑的人继续逗留在那儿，尽管有人来来去去，人群却始终不散。后来才发现，有一两个好冒险的人摸黑爬到离火星人很近的地方，但他们再也没有返回来；因为一束光，就像战舰探照灯的光束，时不时地扫射着工地，"热射线"紧随其后。除此之外，偌大的工地一片死寂、凄凉。星空下，横七竖八地躺着烧焦的尸体。它们在那儿躺了一整夜，第二天一整天也在那儿。许多人听到从沙坑处传来叮叮当当的锤击声。

这样，你对星期五之夜的事情有所了解了吧。在工地的中央，躺着这个圆筒，它就像一支毒镖刺进我们古老地球的皮肤，但毒性几乎还未发作。四周是一片沉寂的工地，有的地方火在闷燃，隐约可见一些黑黢黢的东西，姿势扭曲地躺着，一丛灌木或一棵树燃着火。远一点的地方，人们正处于兴奋的边缘，而在更远一点的地方，兴奋的火焰尚未蔓延。而世界的其余地方，流淌了无数岁月的生活河流依然静静地流淌着。那顷刻间就让血脉堵塞、扼杀神经、摧毁大脑的战争狂热还在孕育中。

整夜火星人都在敲击、搅动，不知疲倦地组装他们准备好的机器，彻夜未眠。偶尔，一股微绿的烟火打着圈升到星空中。

十一点左右，一连士兵穿过霍塞尔，沿着工地边缘部署开来，形成一道封锁线。后来，第二连士兵穿过乔布汉姆部署在工地的北面。白天，从因克尔曼兵营来的几个军官一大早就赶到工地。而据报道，其中的厄顿少校失踪了。半夜时分，团上校亲自到乔布汉姆大桥，忙着询问围观人群。军方一定意识到了事态的严重性。据第二天的晨报说，那天夜里十一点左右，一个骑兵连，两门马克沁式重机关枪和卡迪根军团的四百名士兵从奥尔德肖特出发了。

午夜几秒钟后在沃金的彻特西马路上，一群人看见一颗行星从天空掉到北边的松树林中。它呈微绿色，像夏日的闪电在夜空划过，悄无声息。这是第二个圆筒。

## 第九章　战斗伊始

在我的记忆中，星期六是充满悬念、不安的一天。那天，天气又闷又热，令人无精打采，气压计迅速地上下波动。我几乎无法入眠，而妻子却睡得很好。我一早就起床了。早饭前我走进花园，站在那儿侧耳聆听，工地那头，除了一只云雀喳喳叫，什么响动也没有。

送牛奶的照旧来了。听见他马车的咯吱声，我走到侧门处向他打听最新消息。他告诉我，晚上军队就把火星人包围了，并且肯定开枪射击他们了。接着，那个熟悉而又令人安心的声音传入我耳里——一辆货车正向沃金驶来。

"如果能够避免的话，"送牛奶的说，"他们肯定不会被杀死。"

我看见邻居在花园里干活，就跟他聊了一会儿，然后走进屋内吃早餐。那天早晨太不寻常了。我的邻居认为，在白天，军队肯定会抓住火星人或者将他们消灭。

"真遗憾，他们不要我们靠近，"邻居说，"他们在另一个星球上怎么生活的啊？这太令人好奇了；我们可以学习一两样东西的啊。"

他走到栅栏跟前，递给我一捧草莓。他对园艺很着迷，花园经营得生机勃勃，产出丰盛。同时，他跟我说起拜弗里特高尔夫球场附近的松树林还在燃烧。

"他们说，"他说道，"还有另一只上天恩赐的东西落到那里——共有两只。但肯定一只就足够了。一切都解决好之前，这片地可会要保险公司的人赔好多钱。"说到这儿，他哈哈大笑起来，很为自己的幽默劲儿得意。他指着一缕烟，跟我说树林还在燃烧。他说道："铺满松针和草皮的泥土厚厚的，脚底下肯定要发烫好多天。"接着他又提到"可怜的欧吉尔维"，神情变得严肃起来。

吃完早饭后，我不想写作，便决定去工地走走。在铁路桥下，我看见一群士兵，心想应该是工兵。他们戴着小圆帽，红色的夹克脏兮兮的，纽扣未扣，露出蓝色的衬衣，深色的裤子，靴子长及小腿。他们跟我说，谁也不准过河。顺着通向大桥的马路看去，我看见一些卡迪根军团的士兵在站岗。我与这些工兵交谈了好一会儿，跟他们讲了前晚亲眼见到火星人的情形。他们都没见到过火星人，对火星人只有最模糊的概念，于是都缠着我，问个不休。他们说，不知道究竟是谁命令军队展开行动的，但都知道骑兵禁卫军指挥部发生了争执。跟普通士兵相比，工兵受过较好的教育。他们就这场可能会打响的战斗中的种种独特条件，提出了颇为敏锐的看法。我跟他们描述一番"热射线"后，他们就相互讨论开来。

"依我说，就穿防护衣爬过去，向他们发起进攻。"一个工兵说道。

"去你的！"另一个工兵嚷道，"有什么防护衣挡得住这种'热射线'？粘在身上把你烤熟。我们要做的就是尽可能从地面靠近，然后挖一条地道。"

"去你的地道吧！开口闭口就是地道。斯利皮，你真该生下来就变成兔子。"

"那么，他们真没有脖子啊？"第三个工兵突兀地问道——他个子矮小，皮肤黝黑，一边抽着烟斗，一边做着深思的样子。

我又重新描述一番。

"章鱼，"他说，"我就那样叫他们了。说一下渔夫们吧——这回，他们才是同章鱼作战的人呀！"

"像那样就把这些怪物杀死应该不算是谋杀。"第一个工兵说。

"为什么不朝这些该死的东西开炮，把他们炸开花，统统杀死？"黑皮肤的小个子工兵不解地说，"哪知道他们会干什么呢？"

"炮弹在哪儿？"第一个工兵又说，"没时间了。迅速行动，这是我的看法，并且要立即行动。"

他们就这样争吵个不停。过了一会儿，我就离开他们，朝火车站走去，想多买一些早报。

当然，我不会用那个漫长的上午和更漫长的下午来让读者厌烦。我想看一眼工地，却没有办到，因为霍塞尔和乔布汉姆教堂的钟楼都在军方的控制之下。我去打听情况，士兵们什么都不知道；军官们则神神秘秘的，显得很忙碌。我发现，有军方在场，镇上的人又变得十分安心了。我第一次听烟草商马歇尔说，他的儿子也死在工地上了。士兵们已命霍塞尔郊区的人们锁好房门，离开家园。

下午大约两点时我返回家吃午饭，如我前面所讲，天气闷热极了，我觉得十分疲倦。为了消除疲劳，我洗了个冷水澡。因为早报对斯滕特、欧吉尔维、亨德森以及其他人被杀情形的描述一点也不准确，所以四点半左右我又去火车站买晚报。但晚报上登的东西我基本上都知道了。火星人根本不现身。在沙坑里，他们似乎很忙碌，发出叮叮当当的锤击声，一股烟雾几乎从未断过。很明显，他们正为战斗做准备。报纸上充斥着

"再次尝试向火星人发出信号，但未成功"的陈词滥调。一个工兵跟我说，所谓的发信号不过是派一个人在坑里，竖起一根挂有一面旗子的长竿。火星人肯定注意到我们这些举动了，不过就像我们会注意到一头牛哞哞叫一样，不以为然。

我得承认，在见到这些武器装备和军事部署时，我变得热血沸腾。我想象自己冲锋陷阵，用十几种惊人的方式将侵略者一一打败；孩提时代上战场当英雄的梦想又回来了。那一刻，在我看来这根本不算一场公平的战斗。困在沙坑里的火星人看起来多么无助啊！

下午三点左右，从彻特西或阿顿斯通那么远的地方传来一声"砰"的枪炮声。我后来听说，那是士兵们在往一直燃烧的松树林开炮，因为第二个圆筒就落在那儿。他们希望在圆筒打开之前就彻底摧毁它。然而，到五点左右，一门野战炮才送到乔布汉姆来对付火星人的第一个缸体。

下午六时左右，我和妻子坐在遮阳房里一边喝着下午茶，一边热烈地谈论着那场即将来临的战斗。我听到工地上发出一声沉闷的爆炸声，接着，是一阵密集的射击声。然后，一阵强烈的撞击声，砰砰砰，接踵而至，近在咫尺，震撼大地。我立刻冲到草坪上，看见东方学院周围的大树树梢上烟雾直冒，蹿起红色火焰；它旁边那座小教堂的塔楼倒塌了，变成一堆废墟；清真寺的尖顶不翼而飞，东方学院的房顶看上去就像被一百吨重的大炮击中过；我们家的一个烟囱也像挨了一炮，打飞了，一大块碎片顺着瓦槽哐当一声掉下来，落在我书房窗户边的花床上，裂成一大堆红色的小碎片。

我和妻子吓得呆呆地伫立在那儿。随后，我才突然意识到既然东方学院已被毁掉，没有什么东西能挡住"热射线"了，那梅柏里山的山顶一定在他们"热射线"的射程之内了。

想到这儿，我立即抓住妻子的手臂，什么也顾不上了，直冲到马路上。然后，我又叫出女仆，并告诉她，我会上楼拿她吵嚷着要的那只箱子。

"我们不能再待在这儿了。"我说。当我正说话时，工地上又传来一阵枪声。

"但我们要到哪儿去呢？"妻子惊恐地问道。

我想了一会儿，也不知该怎么办。突然我想起了住在勒热赫德的表亲们。

"勒热赫德！"我高声叫道。

妻子的目光从我身上移开，直往山下瞧。人们纷纷从家里惊慌失措地跑出来。

"我们怎样才能到达勒热赫德呢？"她又问。

我看见山脚下一队骑兵骑着马从铁路桥下穿过，其中三个疾驰过东方学院敞开的大门，另外两个翻身下马奔跑起来，开始挨家挨户地发出警报。血红的太阳透过树梢上升起的烟雾照射下来，让一切东西都蒙上怪异的红光。

"停在这儿，"我对妻子和女仆说，"你们在这儿安全了。"接着，我立刻前往斑点狗酒馆，因为我知道店主人有一辆双轮轻便马车。看见短短几分钟内梅柏里山这边所有的人都在奔跑，我也跑了起来。我在酒吧间里找到了店主人，他还不知道他家屋后发生的一切事情。一个人背对着我正和他讲话。

"一定得要一英镑，"店主人说，"并且没有人驾车。"

"我付给你两英镑！"我从陌生人的肩膀上探过头去，大声说道。

"为什么？"

"并且半夜前我就会把车还回来。"我又说。

"天哪！"店主人叫道，"你着什么急啊？我可没叫你多付一英镑！并且你亲自还回来？究竟发生什么事了？"

我匆匆跟他解释几句，说我得离家外出，就租到了马车。那时，我并未觉得局势有那么急迫，店主人也应该离开自己的家。我小心谨慎地拿到马车后，便驾车下山，驶到马路上。将它交给妻子和女仆后，我便冲进家，收拾了一些诸如银盘之类的值钱东西。当我做这些事时，房子下方的山毛榉树燃了起来，沿公路而上的栅栏烧得通红。我正忙着收拾东西时，一个骑兵跨下马，朝山上跑来。他挨家挨户地吆喝，催促人们赶快离开。他从我家门前走过时，我刚从前门跑出来，用桌布包裹我的宝贝。我在他身后大声问道："有什么消息？"

他转过身来，盯着我，低声吼了几句，像在说"像圆盘一样的东西正从里面爬出来"。说完，他又继续往山顶处另一户人家的大门跑去。一阵黑烟突然横扫过马路，他消失在打着旋的浓烟中，好一会儿才露出身影。尽管我已知道邻居和他的妻子早已锁上门，逃到伦敦去了，我还是跑到他家门前敲了敲门，确保安心。由于向女仆许过愿，我便又冲进屋取出她的箱子，拖到路上，扔到坐在马车车位的女仆身旁。接着，我抓住缰绳，跳上车，坐到妻子身边的车夫座位上。一会儿工夫，我们就从浓烟和喧嚣声中驶出，沿着梅柏里山对面的斜坡朝沃金策马疾驰。

前方，阳光明媚，一片静谧，马路两边是一望无垠的麦田，梅柏里旅店的招牌在风中摇晃。我看见医生的马车就在我们前方。马车驶到山脚，我扭头往刚刚经过的山边望去，只见黑色的滚滚浓烟吐出股股红色火焰，直往寂静的空中蹿，在东边绿树的树梢上投下黑色阴影。浓烟一直往东边和西边扩散——往东是拜弗里特松树林，往西是沃金。马路上到处都是人，朝着我们的方向疾奔。耳边传来机关枪的突突声，穿破火热而寂静的空气，微弱却十分清晰，突然间又悄无声息，接着是步枪发出的断断续续的嗒嗒声。显然，在火星人的"热射线"射程内的一切东西都着火了。

　　我并非专业的车夫，不得不小心注意观察路面。当我再回头看时，第二座山已遮住了黑烟。我策马扬鞭，放松缰绳往前冲，直到看见森德就在前方，身后是从沃金逃出的惊恐万状的人流。接着，我追上了医生，将他远远地甩在了后面。

## 第十章　在暴风雨中逃命

　　勒热赫德距梅柏里山大约十二英里。比尔福特的草场上水草丰茂，干草的气息飘荡在空中，马路两边的栅栏上爬满了大蔷薇，无数甜美芳香的花朵在风中摇曳。在我们驱车驶下梅柏里山时突然响起的密集枪声已戛然停止了，使得傍晚时分显得平和而宁静。大约九点时，我们一路无险地到达了勒热赫德，我和表亲们一起吃过晚餐后，便把妻子托付给他们照顾。此间，马得到了一个小时的休整。

　　一路上，妻子出奇地沉默，好像备受不祥预感的折磨。我安慰她，指出火星人由于自身体重的原因被困在沙坑里了，最多能爬出坑外一点点；但她只是嗯一声，算是回答我。我想，要是没有我对店主人的承诺，那晚她一定会要我住在勒热赫德。我也一定会同意的！我还记得，我们分手时，她的脸色多么惨白。

而我呢，整天都像发高烧般处于兴奋中。我的血液里开始流淌跟战争狂热相似的东西，而这种对战争狂热的情绪偶尔会在文明社会里蔓延。在我的内心，并未因当晚就必须返回梅柏里而感到难受。我甚至有些担心，最后一次听到子弹齐发的声音可能意味着从火星来的侵略者已经被全部灭绝了。亲见猎物死亡，这个词最能体现我当时的心态。

快到十一点时我起程返回梅柏里。夜色意想不到的浓黑；走出亲戚家灯火通明的通道，我觉得眼前一片墨黑，天气仍跟白天一样闷热。只见头上乌云疾驰，而四周却一丝风也没有，灌木丛一动不动。亲戚家的仆人立刻为我点上灯笼，我才看清路。妻子伫立在门前小径的灯光中，看着我跳上轻便马车。突然，她转身走进屋，只留下亲戚们并肩站在那儿，祝我一路平安。

在妻子担忧情绪的感染下，我起先还有一点难受，但不久我的思绪又集中到火星人身上。那时我还完全不知道晚上战斗的路线。我甚至不知道当时的情形已使冲突加剧。当我穿过奥克汉姆时（我返回时走的是奥克汉姆这边，而没有穿过森德和沃金）。我看见西边地平线上出现一抹血红的光，当我走近些时，这抹光已慢慢地爬到天空。雷阵雨就要来临，乌云疾驰，与大团大团发着红光的黑烟交织成一片。

瑞普利街上空无一人，除了一两扇亮着灯的窗户，整个村庄显示不出一丝生命的迹象；但在通往比尔福特的路上的拐角处，站了一小群人，背对着我，我险些出车祸。当我从他们身边经过时，他们什么也没跟我说。我不知道他们对山那边的事了解多少，也不知道我一路上经过的那些沉寂的房屋里的人是在安心地睡觉，还是逃走了，空着房子，或是由于受到惊扰，警惕地观察着夜色下的恐怖场景。

从瑞普利出来，我穿过比尔福特，驶入韦河河谷时，那抹红光不见了。当我登上比尔福特教堂那面的小山时，那抹红光又跃入眼帘。我四周的树木簌簌抖动，预示着暴风雨即将来临。当身后的比尔福特教堂传来午夜的钟声时，我看见梅柏里山的黑色轮廓了，黑色的树梢，黑色的屋顶与那抹红光形成鲜明的对比。

当我正远眺梅柏里山时，一道明亮的绿光照亮了我四周的道路，照亮了远处阿顿斯通那边的树林。我拉紧了缰绳，只见疾驰的乌云像被一道绿色火焰刺穿般，四分五裂的云片突然变得雪亮，什么东西掉到了我左边的田野里？是第三颗流星！

在这颗流星的怪影附近，突然进出暴风雨来临前的第一道闪电，紫红色光芒刺得人无法睁眼；头顶雷声滚滚，像火箭喷射一般轰隆隆。马儿咬紧马嚼子，发力狂奔。

驶到梅柏里山脚的一段缓坡处，马儿放慢了脚步。闪电开始后就以我从未见过的速度，一道接一道划过夜空。雷声，一个接一个，发出奇异的噼啪声，听起来更像一个大型电机发出的轰鸣声，而不像平常雷声发出的爆炸回响声。忽闪的亮光令人眼花缭乱。当我驱车走下斜坡时，一阵大风夹着稀稀拉拉的冰雹向我的脸上砸来。

开始我只盯着眼前的路，突然间，我的注意力被梅柏里山斜坡对面迅速移动的东西吸引了。起初，我把它当成一幢房子的湿屋顶，但在一道接一道的闪电照耀下，我看清它在迅速移动。这真是让人难以捉摸的景象——瞬间一团漆黑，让人摸不清方向，紧接着闪电大作，亮如白昼。山峰附近的孤儿院，松树的绿色树梢，还有这个神秘的东西顿时清晰地显现出来，赫赫醒目。

我看见这个"怪东西"了！我怎么描述呢？一个长着三只脚的怪兽，比房屋还要高，大踏步跨过松林，凡是挡路的就踩在脚下；一台用闪闪发光的金属做成的引擎，会自行走动，此刻正阔步穿过欧石楠；他身上挂着分成一节一节的钢绳，行走时发出咔嗒咔嗒声，与轰隆隆的雷声交织在一起。一道闪电下，他赫然显出身，一只脚在路上行走，而另外两只跷在半空中，倏忽间又消失了；下一道闪电里，他又突然出现，却已近了一百码。你能想象一个挤奶凳被踩翻后沿着地面迅猛地滚动起来吗？这就是那几道闪电下"怪东西"给人的印象。除了把他想象成挤奶凳外，还有许多三只脚的机械。

突然，我前方的松林就像一个人挤过易脆的芦苇丛一样被齐整地分开，只见松树被咔嚓折断，头朝前纷纷倒下。第二只巨型三脚怪出现了！他好像是直朝我冲过来，而我竟冲着他策马疾驰。一见到第二只怪物，我的神经完全绷紧了。再也不敢停车看看，我拉住缰绳，使劲把马头往右拧转。马车竟一下子栽倒在马身上，车轴哗啦啦地断掉了。我被抛到一边，重重地摔到一个浅水池里。

我立即从水池中爬了起来，在一丛荆豆下蜷缩着蹲下来，双脚依然浸泡在水里。那匹马一动不动地躺在地上，它的脖子被踩断了，可怜的畜生！借着闪电的光亮，我看见马车车轮朝天，黑黢黢一大堆躺在地上，依稀中车轮还在慢慢地转动。突然，那个庞然大物从我旁边大踏步走过，朝比尔福特的山上爬去。

近看之下，这个"怪东西"真的是怪得令人难以置信，因为他不仅仅是一台自动驱使的无生命机器。但他又的确是一台机器，走动时，发出金属的叮叮当当的响声，他奇怪的躯体四周伸出长长的伸缩自如的触角（其中的一个紧抓住一棵小松树）闪闪发光，左右晃动，咯咯作响。当他阔步向前行进时，躯干上方覆盖着的黄铜帽盖前后移动，完全就像一颗头在四处张望，帮助他选择道路。躯干后面有一大团白色金属，就像一个巨大的鱼兜。当这个怪物从我身边一扫而过时，他四肢的关节喷射出一股股绿色的烟雾。顷刻之间他便不见踪影了。

我看见的就这么多了。由于霹雳忽闪，在炫目的强光下和浓浓的黑色阴影中，一切都是模模糊糊的。

他经过时，兴奋地大声号叫起来——"啊！啊！"震耳欲聋，淹没了轰隆隆的雷声——片刻间，他已追上自己的同伴，在半英里开外的田地里一起弯腰凑近某个东西。毫无疑问，田地里的这个"怪东西"一定是火星人向我们发射的第三个圆筒，而他们总共向我们发射了十个这样的圆筒。

在雨水和黑暗之中，我躺了好一会儿，借着忽闪的亮光，看着这些金属怪物在远方四处走动，越过栅栏顶端。天空开始下起细小的冰雹，一会儿又停止了。这些怪物的身影随着冰雹的降落、离去，变得一会儿烟雾蒙蒙，一会儿清清楚楚。在天空中未出现闪电时，黑夜则将怪物们吞没了。

我的头上是冰雹，脚下是水坑，浑身湿透了。我的大脑一片空白，完全吓坏了。过了好一会儿，才回过神来，挣扎着爬到岸上干一点的地方，想一想我眼下的危险境况。

离我不远的地方有一座开荒者的小木屋，只有一间房间，四周是一片种着马铃薯的菜园。我好不容易才挣扎着站了起来，蹲着身子，尽力寻找东西作掩护，朝着那座小木屋跑去。我使劲敲打房门，但是却无人应答（要是有人的话，肯定有人应门了），一会儿后，我才停止敲击。最后，我只好利用一个坑，沿着它爬了大半截路，成功地进入了向梅柏里蔓延的松林。一路匍匐，没有被那些机器怪物发现。

在松林的掩护下，我继续往自家房子前行，浑身湿漉漉的，不停发抖。走在树丛中，我尽力想找到那条小道。此时由于闪电变得不再频繁，加上冰雹像激流般倾泻而下，穿过茂密树叶的空隙，树林里真是黑极了。

要是我能意识到我亲眼所见的一切意味着什么，我一定会立即转身，绕过拜弗里特到科巴姆大街，然后再返回勒热赫德与妻子相聚。但那晚我伤痕累累，疲惫不堪，浑身湿透，雷电风雨令我耳聋目眩，在这样可怜的身体状况下，我失去了判断力，再加上我对周围发生的一切充满好奇，我已不可能回头了。

我只是模模糊糊觉得要往家里赶，当时，这个念头是我全部的动机。我跟跟跄跄地穿过树林，跌倒在一个水沟里，膝盖被一个厚木板擦伤了。最后，我才从一片水花中爬上从兵器学院沿山而下的小巷。我说一片水花，是因为大雨滂沱，将沙土冲下山坡，在小巷路面上形成混浊的激流。突然，黑暗中一个人跌跌撞撞地撞到我身上，令我摇摇晃晃直往后退。

他发出一声恐慌的叫声，跳到路边。待我回过神来要跟他说话时，他已抬腿冲向前方。就在此时，暴风雨异常猛烈，爬上山顶的道路变得十分艰难。我紧贴着左边的栅栏，抓住上面的木桩一步一步费力前行。

快到山顶了，我绊倒在一个软绵绵的东西上。借着一道闪电，我看见一堆细平布衣服和一双靴子躺在两脚之间。我还没来得及分辨清楚那个人怎样躺着时，闪电就突然消逝了。于是我站在他身旁，等着下一道闪电。当闪电再次划过，我看清他的样子了。他长得很粗壮，穿着便宜的衣服，却不至于破破烂烂；他的头耷在胸前，整个人蜷缩成一团，紧靠着栅栏，好像是被猛烈地扔到栅栏上，又掉了下来。

我以前从未碰过尸体，不禁感到无比恶心。但我还是强忍着，俯身将他翻转过来，摸他的心脏是否还在跳动。他已死硬了。很显然，他的脖子被摔断了。此时出现第三道闪电，那个死人的脸庞跃入我的眼帘。我惊跳起来。竟然是斑点狗旅店的老板，我跟他借的马车。

我小心翼翼地从他身上跨过，继续往山顶爬，经过了警察局和兵器学院，吃力地走回家。尽管工地那边还有一道红光闪耀，一股股的红烟迎着漫天的冰雹，腾空而起，但是山边却没有一样东西在燃烧。闪电照耀下，我目之所及的住房大多都完好无损。在兵器学院旁，一堆黑乎乎的东西躺在路上。

通往梅柏里大桥的路上传来一阵说话声和脚步声，但我却没有勇气呼喊，也没有勇气走到他们面前。我打开弹簧锁，进到门内，掩好门，挂上锁，闩紧门闩，磕磕绊绊地走到楼梯角，一屁股坐下。我的脑海里全是那些大步向前的金属怪兽和那具摔在栅栏上的死尸。

我背对着墙，在楼梯角蜷作一团，身体猛烈地哆嗦着。

## 第十一章 窗下偷窥

我先前已说过我的情感风暴有倦怠的时候。过了一会儿，我才觉得自己浑身又冷又湿，周围的地毯上淌了几个小小的水洼。我机械地站起来，走到餐厅，喝了一些威士忌，然后走进卧室换衣服。

做完这一切后，我上楼来到书房，自己却不知道为什么要到书房。从书房的窗户往下看，可以见到一片树林和通向霍塞尔工地的铁路。匆匆离开之际，我忘了关上这扇窗户，它一直敞开着。走廊没有亮，与窗外的景色相比，书房显得更黑，伸手不见五指。走到门口，我突然停了下来。

雷电不再轰鸣。东方学院的塔楼和它四周的松树不见了踪影。远方，在那道红光的照耀下，依稀可以见到沙坑周围的那片工地。透过光亮，只见庞大的黑色身形在前前后后忙碌地移动，怪诞而又奇异。

工地那边的整个原野都好像着了火——山边宽阔的地带处无数火舌在阵阵减弱的风暴中摇晃、扭动、翻腾，天空飘飞的云雾染上红色的光晕。离我住房较近的大火处不时冒出一阵烟雾，从窗前飘过，遮住那些火星人的身形。我既看不清他们在做什么，也分不清他们的形态，更认不出他们忙着安装的黑东西是什么。尽管近处火焰的光影依然在书房的墙上和天花板上跳跃，我却再也找不到他们的身影。空气中飘荡着浓浓的烧焦的松香味。

我悄无声息地掩上房门，朝窗户爬过去。当我爬到窗户前，视野顿时开阔起来，一边可以看到沃金车站附近的住房，一边可以看到拜弗里特那边烧焦的黑黢黢松林。山下拱门附近的铁路上亮着一盏灯。梅柏里大路两边和车站旁的街道上，几幢住房化为一片废墟，火光冲天。起初铁路上的那盏灯令我困惑不解。黑乎乎的一大堆，发出一道亮光，而它的右边是一排黄色的长方形物体。过了一会儿我才认出那是一辆毁坏了的火车，它的前部被砸得稀烂，燃着火，后部的车厢还躺在铁轨上。

燃烧的住房，亮着灯的火车残骸，工地那边起火的荒野，形成三个光亮中心，其间是不规则的荒地，在黑茫茫的原野上连绵不断，有的地面上闪动着微弱的火光，烟雾缭绕。漆黑的旷野燃起火来，这是最怪异的景观，令我不禁联想到黑夜里的陶瓷之都。起初我瞪大双眼，急切地想找找看是否有人，却寻不到一个人影。接着在沃金车站的亮光之下，我看到一群人正一个接一个，匆匆地跨过铁轨。

在眼前的这个小小世界里，我安然无恙地生活了多年，可此时它却一片混乱、大火肆虐！在过去的七个小时里，究竟发生了什么呢？我一无所知。那些机器巨人和从圆筒中吐出的动作迟缓的大家伙之间有什么联系呢？我开始揣测，却也无从知晓。好像一切都与我无关，我把椅子转到窗户前，坐在上面，怀着奇怪的心情紧紧盯着黑暗的旷野。看到亮光下，沙坑四周有三个走来走去的巨大黑色东西，我更是目不转睛。

他们看上去忙得不可开交。我不禁自问，他们可能是什么东西呢？是智能机器人吗？我觉得不大像。或者是一个火星人骑在另一个上面，统领、指挥、利用下面的那个，就像人的大脑在躯体上方一样。我开始把他们与人类制造的机械进行比较，平生第一次问自己，在一个低等级的智能动物眼里，铁钳或蒸汽机又像什么呢？

暴风雨后夜空一片晴朗，燃烧的荒野上方，烟雾萦绕。透过烟雾，只见火星逐渐隐退，变成可爱的小小针尖，从西边坠下。此时，一个士兵进入我家花园。栅栏处传来一阵轻微的碰擦声，我立刻从昏睡中惊醒过来。我低头隐约看见他正吃力地爬过木桩。一见到另一个人，我顿时精神大振，迫切地将头伸出窗外。

"嘘！"我小声说道，叫他别吱声。

他疑惑地骑在栅栏上，接着翻了下来，弓着身子，轻手轻脚地穿过草坪，走到房子的一角。

"谁在那边？"他站在窗下，一边使劲往上瞧，一边轻声问道。

"你要到哪里？"我问他。

"天才晓得。"

"你要找地方藏起来吗？"

"正是。"

"到房子里来吧！"我说。

我走下楼，打开房门，让他进来，又把门锁上。我看不清他的脸。他没有戴帽子，衣服敞开着。

"发生什么事了？"我又问道。

"还有什么没有啊？"

在黑暗中，我能看见他打着绝望的手势。

"他们把我们消灭光了——轻松地一扫而光。"他一遍一遍重复着，几乎机械地紧随我走进餐厅。

"喝点威士忌。"我边给他斟上烈酒边说道。

他一饮而尽。随即猛地在饭桌前坐下，双臂紧抱着头，开始抽泣起来，接着又像小男孩般号啕大哭，尽情地宣泄自己的

情感。而我则完全忘记了自己眼下的绝望，好奇地想着发生了
什么事。

过了很久他才稳定住自己的情绪，开始回答我的问题，却
讲得含含糊糊，断断续续。他是炮兵部队的一名车手。七点左
右，他们才开始采取行动。那时，工地上战火连天，据说第一队
火星人正在一个金属盾牌的掩护下，缓慢地向第二个圆筒爬。

接着这个盾牌磕磕绊绊地在三条腿上立了起来，变成我
看见过的战斗机。为了做好控制沙坑的准备，他驾驶的那辆炮
车早在霍塞尔时就把炮从牵引车上拆了下来。正是大炮的到来
加速了战事。当炮手走到车身后面时，他的马踏到了一个兔子
洞里，跌倒在地上，把他扔到一块低洼地里。同时，他身后的
炮车爆炸起来，弹药四射，他的四周燃起熊熊大火。过了一会
儿，他发现自己被压在一堆烧焦的死人和死马下。

"我躺着不敢动，"他说，"吓得七魂出窍，一匹马的前
半身就压在我身上。我们被消灭光了。还有那气味——天哪！
就像烧煳的肉！由于从马上摔下，我整个背部都受伤了，我躺
在那儿等疼痛稍微减轻一点。一秒钟前，都还像在进行阅兵仪
式——突然就绊倒了，嘣的一声，天昏地旋！"

"被杀光了！"他又说道。

他在死马下藏了很久，偷偷地往工地看。卡迪根军团的士
兵尝试发起一场小规模的快攻战，不料竟在沙坑前全军覆没。

接着那个怪兽站了起来，开始在工地上几个侥幸没死的人中前前后后走动，他那像人头一样的帽盖四处转动，像极了一个披斗篷的人的头部。一个像手的东西提着一个构造复杂的金属箱，四周闪烁着绿色的光芒。"热射线"就是从这个漏斗状的箱子里喷射出来的。

几分钟后，那个炮兵在工地上再也搜寻不到一个活着的东西，尚未被烧成黑乎乎的残骸的树木或灌木丛还燃着火。刚才还见到有骑兵在工地弯曲处的马路上活动，现在一个都看不见了。他听到马克沁式重机枪嗒嗒嗒地响了一阵，随后就没声音了。那个巨兽一开始并未袭击沃金车站和它周围的一圈住房。但就在最后的几分钟内，"热射线"一阵扫射，整个小镇立刻化为一堆着火的废墟。接着那个"怪东西"关闭"热射线"，转过身面对那个炮兵，抬腿摇摇摆摆地走向一直燃烧的松树林。第二个圆筒就降落在那里。此时，第二个闪闪发光的金属泰坦巨人已从巨坑中站了起来。

第二个怪兽紧跟在第一个的后面。见此情形，这个炮兵小心翼翼地爬过发烫的欧石楠灰烬，朝霍塞尔前进。他设法爬进路边的水沟，顺着水沟逃到沃金，总算捡了条命。说到这儿，他语速加快，字句铿锵。沃金不能走了。那儿好像有些人活了下来，但大多都焦躁不安，不少人被烧得遍体鳞伤。他被熊熊大火逼到城边。突然其中的一个火星怪兽返回来了，他立即藏到一堆灼热的断壁残垣中。只见这个怪兽正在追赶一个人。他伸出一个钢铁般的触角将那人卷到空中，接着猛地将他的头对着一棵松树树干撞击。夜色降临后，这个炮兵才一阵猛冲，翻过铁路的路堤。

自此，他就沿着铁路躲躲藏藏地朝梅柏里走，希望能逃脱向伦敦而去的灾难。人们有的躲藏在坑道里，有的躲藏在地下室。还有许多幸存者纷纷往沃金和森德逃难。他饥渴难当，好不容易才在铁路拱门附近找到一根砸破的水管道，水像喷泉般汩汩流到路上。

这就是我从他口中一点一点挤出的全部情况。他在跟我讲述时变得平静多了，尽量想把自己所见的描述得绘声绘色。他刚开始讲故事时就跟我说过，他到中午都还没有吃过一点东西，我便到食品储藏间找了些羊肉和面包带到房间里。怕引起火星人的注意，我们没开电灯，只得不时伸手去摸摸哪是面包，哪是羊肉。就在他讲述时，我们四周的东西在黑暗中变得隐约可见，而窗外被踩踏过的树丛和折断的蔷薇树枝则变得清清楚楚。看来，一定有许多人或者野兽从草坪上匆匆跑过。我看清他的脸庞了，黑不溜秋，面容憔悴，毫无疑问，我也跟他一样。

吃完东西后，我们蹑手蹑脚地上了楼，走进书房，我再次看窗外。一夜之间，绿色的山谷变成灰烬。此时火势已经减弱了，原来火苗四蹿的地方升起一阵阵浓烟。在无情的黎明之光的照耀下，被夜色遮住的无数住房废墟，炸断、烧焦的树木残骸，一一显露出来，凄凉惨淡，触目惊心。然而，还是有一些东西侥幸逃过一劫——这边见到一面白色的铁路信号牌，那边见到一座温室的底部——在废墟里兀自白绿相映。历史上没有哪一次战争像这样不分青红皂白，把一切东西都毁掉。当东方渐白时，三个金属巨人站在沙坑周围，他们的帽罩在空中不停旋转，就像在视察他们造成的废墟。

我觉得那个沙坑好像变大了，不时看见一缕缕绿色的蒸汽冒出，打着旋，向逐渐变亮的晨空飞去，渐渐散开，消失得无影无踪。

远处，乔布汉姆四周火柱冲天，在第一缕晨曦映照下，变成血红的烟柱。

## 第十二章　韦布里奇和谢泼顿的毁灭

　　天色越来越亮，我们不敢再从窗口看火星人了，便离开窗口，轻手轻脚地走下楼。

　　这个炮兵同意我的看法，认为我的住房不是久留之地。他提议我俩往伦敦方向去，这样就可以与他的部队——炮兵第十二连会合。而我则打算立马返回勒热赫德，火星人的力量极大地震撼了我，我决心带着妻子到纽黑文，然后一起离开这一带。因为我已清晰地预见，在这些怪兽被消灭之前，伦敦周围的地区将不可避免地沦陷为惨烈的战场。

　　然而在通向勒热赫德的路上还躺着第三个圆筒以及护卫它的巨兽。要是我一个人的话，我想，我肯定会冒险闯过荒野。但是这个炮兵劝阻了我，他说："让你贤淑的妻子变成寡妇，真是太残忍了。"最后，我同意跟他一起在树木的掩护下，一直往北走，到科巴姆大街后，再与他分手。自此后，独自从埃普瑟姆绕个大圈到勒热赫德去。

我本要起身出发，但我的同伴因一直在军队服役，明白不应那么匆忙。他叫我搜遍整个房子，找到一个长颈瓶，在瓶子里灌满威士忌，再往我们全身上下的每一个口袋里塞满饼干和一片片的肉。接着我们爬出房子，沿着凹凸不平的马路飞奔而下。昨晚，我就是沿着这条路回来的。路两边的房子看上去空无一人。路上躺着三具烧焦的尸体，紧紧地挤成一堆，一定是"热射线"杀死的。到处都是人们逃跑时掉下的东西—— 一个闹钟、一只拖鞋、一个银汤勺，诸如此类的玩意儿。快到邮局的街角处一辆满载着箱子和家具的小马车翻倒在地，马儿不见了，马车立在一只破轮子上。一个钱箱被草草砸开后扔到一堆废墟下。

除了孤儿院的住房还在燃烧外，没有一幢房子受到太大的破坏。"热射线"削平了烟囱顶后就走了。然而，除了我们，梅柏里山上好像没有一个活人。大多数居民已经逃走了，我想——他们一定是取道老沃金那条马路——我驾车到勒热赫德就走的那条路——或者，他们都藏了起来。

我们沿着小巷而下，经过一具穿着黑衣的男尸，一夜的冰雹已将护林淋得湿透，最后，我们闯进了山脚的树林。费力地穿过树林后，我们便直奔铁路而去，沿路没碰到一个人。铁路那边树木伤痕累累，成了黑乎乎的断樵残木。大片树木被击倒，依然矗立的一小部分则没了往昔的翠绿，只留下可怜巴巴的灰色枝干和深褐色树叶在风中摇曳。

在我们这一边，大火则未能站住脚跟，只是烤焦了稍近一些的树木。星期六时伐木工人一定在此劳作过，被砍倒的树木，刚除去枝叶树皮，躺在一片空地上，一堆堆锯木堆在锯子和发动机旁。附近有一座被遗弃的简易棚子。这天早晨，没有一丝风，一切都静得出奇，连鸟叫声也没听到。我和这个炮兵匆匆前行，一边轻声交谈，一边不时回头张望。有一两次，我们则驻足聆听。

过了一会儿，我们接近马路了。此时，传来一阵马蹄声，透过树枝，我们看到三个骑兵骑着马慢慢地向沃金走来。我们向他们大声喊起来，听到呼声，他们勒马停住。我们赶紧向他们奔去。是第八骑兵连的一名中尉和两名士兵，带着一台像经纬仪的设备，炮兵说那是太阳照相仪。

"你俩是我今天早晨见到的头两个人，"中尉说道，"发生什么事了？"

他的声音急切，神色焦虑。他后面的两人好奇地盯着我们。炮兵跳下路堤，在马路中间行了个军礼。

"长官，昨晚大炮被毁了。我一直东躲西藏，设法重返炮兵部队。长官，你会看到火星人的，我估计，就沿着这条路再走半英里。"

"他们究竟长什么样？"中尉问道。

"穿着盔甲的巨人，长官。高一百英尺，三条腿，躯体像铝块，长有一颗有力的大头，戴着帽罩，长官。"

"别瞎说！"中尉厉声喝道，"一派胡言！"

"您会看到的，长官。他们提着一种箱子，长官，射出的火会立刻把您击毙。"

"你是说——有一门炮吗？"

"不是，长官！"这个炮兵开始绘声绘色地讲起"热射线"来。刚说到一半，那名中尉就突然打断他，抬头看我。我还站在马路边的路堤上。

"绝对是真的。"我连忙说。

"那么，"中尉说道，"我想，我也有责任亲眼看看。你瞧，"他对炮兵说，"我们是分派过来遣散住房里的居民的。你最好到纵队司令马文将军那儿报到，把你知道的一切都向他汇报。他在韦布里奇。认得路吗？"

"我晓得。"我说。中尉向南扭转马头。

"你是说半英里吗？"他问道。

"最多半英里。"我一边回答，一边指向树梢以南的地方。中尉谢过我，策马向前而去，自此以后，我们再也没有见过他们。

继续向前，我们在马路上看到一群人，有三个妇女和两个孩子，他们正忙着从一幢木屋里搬东西出来。他们有一辆手推车，正往上面堆放看上去脏兮兮的包裹和一些破破烂烂的家具。我们经过时，他们太专注于自己的事情，根本无暇和我们说话。

要到拜弗里特车站时，我们从松树林里钻了出来，在清晨阳光的照耀下，整个乡野祥和而宁静。在这里，我们远离"热射线"的射程，要是没有一些被人遗弃的房屋死气沉沉地立在路边和另一些房屋里装箱打包的声音，铁路上方的大桥上也没有一队士兵站在那儿警惕地盯着通往沃金的铁路，这一天看起来就跟任何一个星期天没有两样。

几辆农用四轮马车和双轮马车正沿着马路嘎吱嘎吱地朝阿顿斯通驶去。突然，透过一道农场的大门，越过一片平坦的草场，我们看见六门发射十二磅重炮弹的大炮整整齐齐地立在那儿，彼此间隔相当，炮口直指沃金。炮手们站在大炮旁整装待命，火药车停在有效距离外。士兵们好像正接受检阅。

"真不错！"我说道，"他们怎么也会射中一炮的。"

炮兵在大门口迟疑着。

"我该继续往前走。"他说道。

在远处，往韦布里奇方向，有许多身穿褪色白夹克的士兵正在修筑防御土墙，身后还陈列着更多大炮。

"无论怎样，这是用弓箭对付闪电，"炮兵说，"我们还没见识过那束射线。"

没做事的军官站在一旁直往树梢以南的地方张望。挖防御土墙的士兵也不时停下，往同样的方向张望。

拜弗里特一派喧嚣：人们正在打包装箱，来了一二十个骑兵，有的翻身下马喝令他们赶快撤离，有的骑在马上四处逛荡，看见人就直催促。乡村街道上停着三四辆印有白色圆圈圈着十字架的政府专用马车，一辆旧的公用马车和其他一些车辆，上面全都装得满满当当的。还有几十个人，大多都在守安息日，穿着他们最好的衣服。士兵们正吃力地给他们解释，但要让他们意识到自己的处境有多严峻却十分困难。我们看见一个长满皱纹的老头正生气地对着一名下士嚷嚷，身边是一个大箱子和二三十个装有兰草的花盆。下士不准他带这些破东西。我停了下来，一把抓住他的胳膊。

"你知道那边有什么吗？"我边说边指向遮住火星人的那片松树林。

"嗯？"他转过身来说，"我跟他说这些都是值钱的东西。"

"是死亡！"我大声吼道，"死神就要来了！死神！"说完，我匆忙追上炮兵，丢下他独自咀嚼那番话的含义。在转角处，我回头张望，那个士兵已经走了，老头还站在他的箱子旁，兰草盆搁在箱盖上，双眼茫然地盯着树林那边看。

在韦布里奇我们四处打听，却找不到一个人可以讲清司令部设在何处。整个城镇处于一片混乱之中，我在任何一个城镇也未见过这种情形。到处都挤满了手推车、四轮马车，五花八门的运输工具和各色马匹齐齐聚集，令人叹为观止。镇上体面的居民，丈夫身着打高尔夫球和划船时穿的衣服，妻子打扮得漂漂亮亮，都在忙着打包装箱；河边的流浪汉也跑来，卖力地帮着干活；孩子们则兴奋不已，对他们大多数而言，过一个跟以往大不相同的星期日真是太高兴了。在这片混乱中，一个值得尊敬的牧师正勇气可嘉地主持着早晨礼拜仪式，他摇着铃铛，丁零零的声音越过喧哗声传开了。

我和炮兵坐在喷水池的台阶上，就着我们随身携带的东西吃了一顿过得去的饭。巡逻兵——这儿不再有骑兵，而是穿白色军装的精锐士兵——正警告人们立刻离开，或者在战斗一打响时躲进家中的地下室。走过铁路桥时，我们看见火车站里人群越聚越多，连四周都挤满了人，人满为患的站台上箱子和包裹堆成了山。我想，为了运送部队和枪炮到彻特西，普通的旅客运输一定停运了。后来我听说一小时后，此地发了几趟载客专列，为了抢到一个位子，人们像野人般大打出手。

到中午时我们都还在韦布里奇境内，此时我们已走到韦河和泰晤士河汇合的谢泼顿水闸附近。我们花了一些时间帮两个老太太把东西搬到一辆小手推车上。韦河河口分成了三岔，此处可以雇到船，还有一艘渡船往返于两岸。在谢泼顿那边有一家客栈，门口前方是一块草坪，客栈更远处，谢泼顿教堂的钟楼高高耸立在树丛之上（现在钟楼已被换成尖塔）。

我们在这里见到一群情绪激愤、吵吵嚷嚷的逃难者。尽管逃难还没演变到恐慌的地步，但人数太多了，即使所有的船只来来回回也不能把所有人都载过河。人们带着沉重的包裹气喘吁吁地跑过来，一对夫妇甚至还抬着一扇户外门，上面堆放着家用的东西。一个人告诉我们他打算设法从谢泼顿车站乘车逃走。

人们不断地高声大叫，有一个人甚至还在开玩笑。人们好像都认为火星人并不是不可战胜的，他们可能会袭击小镇，并洗劫一空，但到最后肯定会被消灭。人们不时紧张地眺望韦河对岸，看着往彻特西延伸的草场，但那边一片寂静。

泰晤士河对岸，除了船只停靠的地方，到处都静悄悄的，与萨里那边形成鲜明的对比。从小船上下来的人咚咚咚地踏着船板跳下来。大渡船刚刚驶出渡口。三四个士兵站立在客栈的草坪上，看着眼前的这一切不主动帮忙，却一直取笑逃难的人。客栈大门紧闭，好像处于禁止营业的状态。

"那是什么？"一个船夫叫了起来。"闭嘴，蠢货！"我旁边的人对着汪汪叫的狗吼道。接着，那个声音又传来了。这次是从彻特西方向来的，砰的一声闷响——是炮声。

战斗打响了。转眼间，我们右侧连续不断地响起从河对岸传来的炮击声，由于树木的遮挡根本看不见是从哪里发射的。枪炮齐发，轰隆声此起彼伏。一个妇女惊声尖叫起来。我们旁边的每个人都被突然打响的战斗吓得不敢走动，纷纷找地方躲起来，再也见不到他们的身影。除了平坦的草场上还见到牛群外，什么都看不见了。大多数牛都无动于衷地吃着草，银色的去头柳树立在温暖的阳光下纹丝不动。

"当兵的会抵挡住他们？"我身后的一个妇女说，语气中带着几分怀疑。此时，树梢上方烟雾升腾。

接着我看见远方河面上猛地蹿出一股浓烟，在空中急扭几下后就悬在那儿不肯散去。顷刻间脚下的地面起伏不断，爆炸声在空气中震荡，附近房屋的两三扇窗户被震得粉碎，我们则吓得瞠目结舌。

"他们在这边！"一个穿着蓝色运动衫的人惊声吼道，"那儿！你们看到了没有？那儿！"

一个，两个，三个，四个，越过往彻特西方向延绵的平坦草场，身穿盔甲的火星人一个接一个地出现在远方的小树之上，他们踏着大步匆匆朝河边走去。起先他们看起来像是身披斗篷的人，以飞鸟般迅疾的速度滚滚而行。

接着第五个火星人出现了，斜斜地向我们冲来。当他们迅捷地在大炮上掠过向前冲时，穿着盔甲的身体在阳光下闪闪发光。随着我们之间的距离逐渐变小，他们的身体迅速变大。在我们最左边，也就是离我们最远的那个火星人在空中高高地挥舞着一个大盒子，我在星期五见识过的那道幽灵般的、恐怖无比的"热射线"向彻特西席卷而去，将城镇击毁。

一见到这些动作迅疾、奇怪恐怖的怪兽，站在河边的人个个吓呆了，一时间竟鸦雀无声，没人尖叫，也没人惊呼。接着响起人们压低嗓门的粗声咕哝声，脚步移动声——还有水花溅起的声音。一个人吓得将扛在肩上的手提箱顺手一抛，手提箱的一角砰地撞在我身上，将我撞得直打趔趄。一个妇女用双手使劲将我往后推，接着从我身边一下冲过。我跟着四处惊窜的人群转身就跑，但我还不致被吓得丧失思考能力。我头脑中反复浮现出那恐怖的"热射线"。躲到水下！就是那样！

"躲到水下！"我大声吼道，却无人注意。

我又转过身去，朝着向我们逼近的火星人跑去，冲下布满砾石的河滩，我一头扎进水里。其他人也照着我做。当我跑过一艘船时，满船返回的人纷纷跳了出来。我脚下的石头满是泥，滑溜溜的。河水很浅，我跑了约二十英尺后，仍然不及我的腰深。此时，在几百码之外，火星人巍然矗立，我赶紧往前一扑，躲到水下。船上的人竞相往水中跳，水花四溅的声音就像雷声在我耳边滚动。河两边的人匆匆向岸上跑去。

但是那个火星人根本就没注意到人们四处逃窜，就像一个人一脚踢到一个蚂蚁巢后，根本不会在意蚂蚁一片慌乱的情形一样。快要憋不住气时，我把头伸出水面，只见火星人的帽罩正对准河对岸还在射击的大炮，前进时，他抛出一个东西，一定是"热射线"发射器。

眨眼间，火星人到了岸边。他一大步就到河中央。接着他往前一抬脚，前腿膝盖就弯曲到对面的岸边，瞬间他又站直了身子，但已离谢泼顿村不远了。突然，掩藏在村庄附近的六门大炮同时开火。大炮之隐蔽连河右岸的人都不知道它们藏在哪儿。突如其来的狂轰滥炸，一个尚未停止，另一个已开始，吓得我心脏乱跳。当第一枚炮弹在火星人帽罩上方六码处炸开时，火星人就已举起了发射"热射线"的盒子。

我发出一声惊呼。我既没看见也没想到还有其他四个火星怪兽，我的注意力集中在离我最近的那件事上。另外两枚炮弹在那个火星人身边炸开了，他的帽罩及时扭转过来，但第四枚炮弹接踵而至，他已来不及躲闪。

炮弹紧贴着这个"怪东西"的脸部爆炸了。帽罩鼓了起来，发出一道闪光，被炸得四分五裂，只见血肉横飞，无数发光的金属碎片在空中旋转。

"啊！"我叫了起来，半是尖叫，半是欢呼。

我四周响起躲在水里的人们发出的欢呼声。在那片刻的狂喜之中，我真想从水中跳出来。

被炸掉头的巨兽像一个醉汉摇摇摆摆，却始终没有倒下，最后竟奇迹般地恢复了平稳，将发射"热射线"的盒子僵硬地抬了起来。不再注意自己的脚下，他跟跟跄跄地向谢泼顿迅速扑过来。帽罩内的生命智能体在空中溅开了花，随风四处飘散，一命呜呼了。此时这个打着旋的"怪东西"只不过是一部复杂的金属机器，正走向毁灭。失去导向能力，他沿着直线猛冲，撞在了谢泼顿教堂的钟楼上。钟楼就像被攻城锥连续猛击般，被击得粉碎。他自己也被突然撞到一边，跌跌撞撞地走了几步，最后轰的一声倒在河里，消失在我的视野之外。

一声巨大的爆炸声响彻云霄，接着一股水、蒸汽、污泥和金属碎片的混合物喷向高空。当"热射线"的暗箱击中水面时，水面顿时腾起阵阵蒸汽。顷刻间，巨浪席卷上游河湾，滚滚而来，浊浪滔天，却灼热无比。我看见人们纷纷拼命往岸上跑，发出的尖叫声和惊呼声隐隐盖过火星人轰然倒下时河水的翻滚咆哮声。

我立在河中，根本没注意到河水变得滚烫，也忘了眼下最要紧的是自我保护，竟一把将一个身穿黑衣的人推到一旁，在波涛滚滚的河水里往前，直到看见了河湾才停下来。那里，七八只被遗弃的船在汹涌的波涛上纵横摇动。倒下的火星人在下游处出现，横躺在河面上，身体的大部分淹没在水中。

火星人的残骸冒出一股股热气腾腾的水蒸气，透过一缕缕翻滚、旋转的蒸汽，隐隐可以看到他巨大的四肢正在水中搅动。空中掀起了阵阵水花，污泥和泡沫四处飞溅。他的一只只触角狂舞乱动，就像有生命的手臂在扑打水面。要不是这些举动早已没有任何帮助和意义，他像极了为了活命而在波涛中拼命挣扎的某种受伤的动物。那机器喷射出一股股棕红色的液体，如水柱直冲空中，哗啦作响。

一声狂暴的号叫，就像制造车间汽笛发出的声音，把我的注意力从火星人的垂死挣扎中转移开了。一个人站在拖船小径附近齐膝深的水里又是大声呼喊又是用手比画，而我却听不见他在叫什么。我扭头一看，只见其他火星人正迈着巨大的步伐，从彻特西方向的河岸冲了下来。这次谢泼顿的大炮无用地在空中轰鸣。

一见此景，我立刻屏住呼吸，埋头躲在水下，踉踉跄跄地潜行，直到快憋不住气、行进变得痛苦不堪时才露出头来。此时，四周的水变得汹涌澎湃，越来越烫。

我再次露出头，抹了一把眼前的头发和水，只见河面上水汽升腾，白雾茫茫，火星人被完全遮住了，只听到震耳欲聋的响声。过了一会儿，我才透过白雾，依稀见到他们那硕大无比的灰色身影。接着，他们从我身边经过，其中的两个火星人弯下腰在查看他们的战友那冒着白沫、不断翻腾的尸骸。

　　第三个和第四个火星人伫立在火星人尸骸旁的那片河水之中，一个离我大约有两百码，另一个正对着拉勒汉姆。"热射线"发射器在空中高高挥舞，咝咝作响的光束向各个方向猛烈地扑打下去。

　　顿时，响声大作，各种声音交织在一起，震耳欲聋，难以分辨——火星人盔甲的哐啷声，房屋倒塌的哗啦声，树木、篱笆、棚屋砰砰倒下声，猝然的起火声，还有噼里啪啦、呼呼呼的火焰燃烧声。浓浓的黑烟蹿到空中与河上的水汽交织成一片。韦布里奇桥上方，"热射线"前后扫荡，显示出无坚不摧的力量，先是见到一道道炙热的白光不断闪现，紧接着浓烟滚滚而来，血红的火焰上下蹿动。稍近一些的房屋暂时安然无恙。在一片水汽笼罩下，模模糊糊，没有一丝生气。背后大火正以迅雷之势蔓延，它们的灭顶之灾顷刻即至。

　　滚烫的水快要漫到我的胸口了，我立在那儿好一会儿，完全吓蒙了，看来逃跑已然无望。透过阵阵水汽，我看到先前跟我一起待在水中的人纷纷爬出水面，有的争先恐后穿过芦苇丛，就像一只只小青蛙在有人走动时吓得到处乱窜、慌慌张张跳过草丛般；有的则惊慌失措地在拖船的小路上跑来跑去。

　　突然"热射线"闪着白光向我这边腾空扑来，所及之处，房屋如熔化掉般轰然塌下，火焰四射，树木轰轰地燃起熊熊大火。"热射线"在拖船的小路上上下下忽闪，吞噬东跑西窜的人们，接着沿着河边直下而来，离我站的地方不足五十码。"热射线"掠过河面，向谢泼顿横扫过来，所经之处，波涛翻滚，河水沸腾，水汽茫茫。我转过身向岸边去。

一个巨浪立刻向我扑来，水温几乎达到沸点。我顿时被烫得浑身是伤，双目半盲，疼痛难当。强忍疼痛，我跟跟跄跄地过翻滚跳动、唑唑作响的河水，直往河岸奔去。要是脚底被什么东西绊倒的话，我一定完蛋了。火星人的全貌赫然跃入我的视野。完了，我心里咯噔一下，无助地跌倒在碎石遍地、宽阔的河岬之上。河岬往下延伸，一直到韦河与泰晤士河交汇之处。我躺在上面，等着死亡来临。

我现在只隐隐记得一个火星人的一只大脚就在我头部前方二十码的地方踏下。当他的大脚直直插进松松的砾石时，砾石四处飞旋，接着，他又把脚抬了起来。我等着他的脚迈向另一方，那是长长的悬念，一切都像凝固了。还记得四个火星人抬着他们战友的尸骸，横穿过一片宽广的河水和草场，在一阵薄烟中忽隐忽现，像永远也走不出我的视野般。最后，我慢慢地意识到自己已奇迹般地逃过了这场生死大劫。

## 第十三章　遭遇牧师

尝到地球武器的厉害后，火星人吸取教训，撤退到霍塞尔工地上的驻地。由于行色匆匆，加之战友尸骸的拖累，他们无暇顾及无数像我一样四处逃窜无足轻重的难民。要是他们丢下战友，立即往前推进的话，那么除了那些发射十二磅重炮弹的大炮外，霍塞尔工地和伦敦之间必定荡然无存，而且他们到达首都之际，有关他们逼近的消息还未传到那儿。他们的出现一定跟一个世纪前摧毁里斯本的那场地震一样突然、可怕和威力无穷。

但是他们一点也不着急，一个接一个的圆筒踏上星际之旅，每隔二十四小时他们的力量就得到加强。与此同时，陆军和海军方面的军界要人已充分认识到对手的强大威力，正全力以赴。每时每刻都有新的大炮开到阵地上来，到黎明时分，金斯敦和里士满四周山坡上的每一片树林、每一排乡村别墅都摆上了一门大炮，黑黢黢的炮口隐蔽地藏了起来。穿过那片将霍塞尔工地上火星人的驻地包围起来的烧焦荒地——共约二十平方英里——到处布满了忠于职守的侦察兵，他们匍匐在绿树掩映下烧毁的山村里，匍匐在一天前还是松林，现在依然冒着烟的座座林荫走廊下。随身携带着日光反射信号器，要是火星人一走近，他们就会立刻向炮手们发出警告。但现在火星人已掌握了人类怎样指挥炮兵，明白了人类靠近他们的危险，并且清楚没有一个人敢以生命为代价，冒险走进圆筒一英里之内。

下午早些时候，火星巨人似乎一直来来往往，忙着将第二只圆筒和第三只圆筒内的所有东西搬到霍塞尔工地上的沙坑里——第二只圆筒在阿顿斯通的高尔夫球场，第三只则在比尔福特。工地这边，一个火星人高高地伫立在烧黑的欧石楠和绵延不绝的建筑物废墟上方，好像正在站岗，而其他的火星人放下了巨大的战斗机械，爬到沙坑里。他们在那儿努力地干活，一直忙到深夜。从梅洛附近的山上都能看到如柱的滚滚绿烟从那儿冒出来直升到高空。据说，就连在班斯蒂德和埃普瑟姆丘陵草原也能看见那股绿烟。

因此，在我后方，火星人正准备第二次进攻；前方，人类部队也正集结备战。我呢，带着浑身的伤痛，艰难地从韦布里奇的烟火中爬出，向伦敦逃去。

　　远远地，我看见一艘被人遗弃的小船正顺流而下。我把湿透的衣服脱掉，撒腿就去追，爬到船上，总算逃脱了韦布里奇和谢泼顿的这场灾难。船上没有船桨，我只得用烧伤的双手作船桨，朝哈利福德和沃尔顿方向拼命划船，顺河而下，只觉得路途漫漫，不时回头张望（你们可以想象得到我的狼狈相）。考虑到如果火星人返回，水上逃生的机会最大，我走的全是水路。

　　火星人死去时搅起的那股热流也跟着我顺流而下，水汽蒙蒙，行了快一英里后，我仍然看不清两岸的情形。但还是有一次，我好不容易看到从韦布里奇方向走来一长串黑黝黝的身影，正匆匆穿过草场。哈利福德看上去已空无一人，几幢对着河的房屋燃着大火。火热的蓝天下，一缕缕烟火直直地蹿到午后酷热的空中，整个地方一片寂静，荒凉无比。这样的情景真是奇怪。我平生第一次看到烧房子时没人驻足围观。远一点的地方，高及河岸的芦苇丛浓烟直冒，火光冲天，一排火舌正一直往前方蔓延，掠过草田，将其吞噬。

　　好不容易从火星人残暴的杀戮中逃出来，又被灼热的河水烫得半死不活，痛苦和疲倦摧毁了我的意志，我躺在船上一动不动，任小船在河中随波逐流。过了好一会儿，恐惧感再一次向我袭来，我立即苏醒过来，继续用手作桨划起来，火辣辣的太阳烤着我赤裸的背。小船终于行到了河湾处，沃尔顿的大桥遥遥可见了，我发着高烧，感到浑身乏力，虚弱极了。此时我顾不上恐惧，挣扎着下了船，爬上米德尔塞克斯河岸，一头栽倒在茂密的草丛中，躺在那儿，病得快死了。我琢磨着那时是下午四五点钟。随即我又站起来，继续往前走，走了大约半里路都没碰见一个人。接着，我又在一片树篱的阴影中躺了下去。记得在最后的挣扎中，我好像在自言自语地说着什么。我口渴极了，深深后悔先前没有多喝一点水。奇怪的是，我竟生妻子的气，自己也说不清为什么会这样，只是知道自己渴望回到勒热赫德，却始终无法办到。也许是这让我感到过度焦虑、烦躁不安吧。

现在记不清牧师是什么时候到我身边的了，那时我可能正在打盹。我醒来时，只看到一个人影坐在我旁边，穿着糊满煤烟的衬衫，没有外套，正仰着一张刮得干干净净的脸盯着天边忽闪的一抹微光。天空一片晴朗，是所谓的鱼鳞天——朵朵羽毛般的白云淡淡地堆成一行行的，仲夏的夕阳将它染得微红。

我坐了起来，听到我发出的声音，他迅速地低头看着我。

"你有水吗？"我猝然问道。

他摇了摇头。

"过去的一个小时内你一直不停地问我要水喝。"他说。

我们俩沉默了一会儿，打量着对方。我敢说，他肯定觉得我的样子古怪极了：赤裸着上身，下面则裹着湿淋淋的裤子和袜子，烫得遍体鳞伤，整个脸和肩膀都是烟灰，黑黢黢的，只看见两个眼珠。他呢，一脸病容，下巴深陷，前额上耷拉着亚麻色的头发，乱七八糟地卷成一团；一双大大的眼睛，呈灰蓝色，茫然地盯着我。突然，他说话了，空洞的眼神从我身上移开。

"这是什么意思？"他说，"这一切是什么意思？"他伸出一只苍白的细手，用几近抱怨的语气说道。

"为什么允许这些事情发生呢？我们犯了什么罪孽？早晨的祈祷仪式刚结束，我正穿过马路，想清醒清醒大脑，好准备下午的仪式。可是，大火、地震、死亡就接踵而来！就像毁灭所多玛和蛾摩拉一样！我们所有的劳动成果都完蛋了，所有的成果——这些火星人是什么？"

"我们是什么？"我清了清嗓子，反问道。

他抱住膝盖，转过身，又紧盯着我看。大约有半分钟，他都没说话。

"我正穿过马路，想清醒清醒大脑，"他又重复说起来，"突然间——大火、地震、死亡！"

他又陷入沉默，此时下巴几乎完全贴在膝盖上。

片刻，他开始挥动一只手。

"所有的成果——所有的主日学校——我们究竟做了什么——韦布里奇做了什么？一切都完了——全被摧毁了。教堂！三年前我们才重建的，没了！——被彻底毁掉了！这是为什么？"

稍停片刻后，他又像一个发狂的人般大声吼叫起来。

"它燃起的烟火冒呀冒，永不熄灭！"

他双眼通红，一只瘦削的手指直指向韦布里奇。

到此时，我开始估量他经历的事对他的打击。很明显他是从韦布里奇逃出来的——他亲身经历了那场人间惨剧——让他精神濒临崩溃的边缘。

"我们离桑柏里远吗？"我不带感情地问道。

"我们要做什么？"他问道，"这些怪物到处都是吗？地球被他们统治了吗？"

"我们离桑柏里远吗？"

"就在今天早晨我还主持了早祷仪式——"

"情况不同了，"我平静地说道，"你必须头脑清醒，我们还有希望。"

"希望？"

"是的。还有很多希望——即使遭受这致命的破坏！"

我开始跟他解释我对局势的看法。一开始他还很感兴趣地听着，但逐渐地，双眼就失去了光彩，变得跟原来一样茫然，视线从我身上游离开了。

"这一定是末日的开始。"他突然打断我，"末日！上帝惩罚人类的伟大而可怕的日子！是人们请求高山巨石落在他们身上，把他们藏起来——藏起来以免见到坐在王位上的我主之面的日子！"

我开始明白他的处境，便停止劳神费力地说理，挣扎着站了起来，一只手搭在他的肩上。

"像个男子汉！"我说，"你被吓得不明事理了！如果宗教被灾难压垮了，那它有什么用处？想一想吧，以前人类遭受过多少地震、洪水、战争，还有火山爆发！你认为上帝就该豁免韦布里奇吗？他又不是保险经纪人。"

好长一会儿，他就坐在那儿，沉默不语，一派茫然。

"但我们怎样才能逃脱这场灾难呢？"他突然问道，"他们坚不可摧，又冷酷无情。"

"他们既不是坚不可摧，也许，也不是冷酷无情。"我回答道，"并且，他们越是强大，我们就应该越理智、越警惕。三小时前就有一个火星人被杀死在那边。"

"杀死了？"他惊呼道，疑惑地盯着四周，"上帝的使者怎么会被杀死呢？"

"我亲眼看见的。"我接着说，"我俩都碰巧在这场惨剧的中心。就是这样。"

"天空中那道闪光是什么？"他猛然问道。

我告诉他那是日光反射信号器正在发出信号——它表明人类正相互救助、竭尽全力反击火星人。

"我们就置身其中，"我说，"尽管一切平静，但天空中的那道闪光说明战斗风暴正在聚集。那边，我想，应该是火星人。伦敦那边，里士满和金斯敦四周山峰的耸立之处和树木掩隐之下，士兵们正在修筑防御工事，大炮正被架好。一会儿，火星人又会朝这边进攻。"

我正滔滔不绝之际，他竟跳了起来，打了个手势叫我别说。

"听！"他说。

越过河流，从那边低矮的山岭处远远传来大炮开火时发出的沉闷回响声和奇怪的叫喊声。接着一切又恢复了平静。一个金龟子飞了过来，嗡嗡地越过树篱，从我们身边掠过。在韦布里奇和谢泼顿的浓烟之上，西边天际升起一轮惨白的淡淡新月，而夕阳的余晖尚未褪去。

"我们最好沿着这条路走，"我说，"往北。"

## 第十四章　伦敦大恐慌

当火星人降落在沃金时，我的弟弟正待在伦敦。他是一个医科学生，正在为即将来临的一场大考做准备，因此到星期六早晨他才听说火星人到来的事情。星期天的晨报除了长篇累牍地登出一些文章，探讨火星、星球上的生命等，还刊出一则简短、措辞暧昧的电文，尽管简短，却触目惊心。

电文这样讲："由于人群靠近，火星人受到惊吓，用快速射击的火炮杀死了很多人。"最后以这样的文字结束："尽管看上去不可战胜，但火星人自掉进沙坑后就没有走出来过，并且，他们好像的确无法走出来。可能是由于地球重力导致相对重量不同。"晨报的首席评论员又根据最后的话宽慰人心地说了一通。

那天我的弟弟去上填鸭式教学的生物课，当然了，整个班上的学生都对此事感兴趣极了，但街道上却没有任何不同寻常的兴奋气氛。晚报用大标题就几则琐闻大吹特吹。除了讲讲工地周围军队的部署，以及沃金和韦布里奇之间的大火，他们没有什么新鲜东西可说。直到八点，《圣詹姆斯公报》以增发特刊的形式宣布电报通信已被打断这一事实。人们认为这是着火的松树倒下，砸在电线上造成的。那晚人们没有听到更多有关战斗的消息，而那晚我正驾车载着妻子逃到勒热赫德，又独自回沃金还马车。

因为从报上了解到圆筒离我们的住所有两英里远，我弟弟一点也不担心我们，但他还是决定当晚就回沃金。如他所说，他倒不是来看我们，而是觉得在那个"怪东西"被杀死前，得亲眼见识一下他的真面目。四点左右，他给我发了一封电报，当然我肯定没收到。晚上时，他到音乐厅听了一场音乐会。

星期六晚上，伦敦也是雷电轰鸣，大雨如注。我弟弟乘坐一辆公共马车到了滑铁卢。他在月台上等了一会儿也没看到午夜出发的那列火车，最后才听说出了事故，那晚火车都到不了沃金。是什么样的事故，他弄不清。实际上，那个时候连铁路局的官方人士也不清楚。由于铁路官员正在采取措施，调运通常经过沃金的剧团专列绕道走弗吉尼亚·沃特或吉尔福德，火车站上没有什么骚乱。铁路当局只是认为拜弗里特站和沃金站之间的铁路线已经瘫痪，没有意识到情况比这更严重。他们忙着做出必要的安排，以改变南安普敦—朴次茅斯星期日联合游的路线。一名晚报记者竟拦住我弟弟，想采访他。原来他把我弟弟当成了车务主任，而我弟弟的确跟他有几分相似。除了铁路官员，没有几个人将线路瘫痪与火星人联系到一起。

关于这些事件我还读到过另一种描述：星期天早上"来自沃金的消息震惊了整个伦敦"。实际上，这只不过是极尽夸张的说法。在星期一早上大恐慌来临之前，许多伦敦人还从未听说过火星人的事。即使是那些知道火星人来了的人也花了好长时间才弄清这份措辞仓促的电文究竟意味着什么，而大多数伦敦人根本不看星期天的报纸。

并且，伦敦人长期习惯性地只考虑个人安危，对报纸一贯的危言耸听不以为然，因此在读到以下这些文字时，丝毫不觉得自己的处境有多恐怖："昨晚七点左右，火星人从圆筒里出来了。在金属盔甲掩护下，他们已彻底让沃金车站和周围的住房变为一片废墟，并且消灭了卡迪根军团整整一个营。具体细节无从知晓。马克沁式重机枪对火星人的盔甲无可奈何。野战大炮在他们面前威力全无。一队轻骑兵正策马飞奔到彻特西。火星人好像正朝彻特西或温莎缓慢移动。西萨里郡笼罩着极度恐慌的气氛，士兵正紧张地修筑防御工事想遏制火星人向伦敦推进。"以上就是星期天的《太阳报》做出的报道。《仲裁者报》竟以惊人的速度登出一篇《手册》的文章，作者聪明地把这次事件比喻成野生动物园的野兽突然从笼子里跑到山村。

在伦敦，没有人正确认识到身穿盔甲的火星人的本性，人们持有根深蒂固的观点，这些怪物一定行动迟缓：趴在地上爬行、痛苦地爬着——这些字眼出现在早期所有的报道中。给报社发电文的人没有一个亲眼见过火星人前进。一有新的消息传来，报社就立刻单独发行专刊，有的报社甚至在未收到任何消息的情况下也发行专刊。但他们基本上没有什么新鲜的事可以告知公众，直到下午时分，官方才向媒体透露他们掌握的信息。据说，沃尔顿和韦布里奇的人，以及整个区的人都蜂拥而出，正沿着各条马路朝伦敦方向行进。这就是官方发布的全部消息。

清晨我弟弟在育婴堂做了早拜，对头天晚上发生的事一无所知。在教堂里他听到有人提到火星人入侵，还有人专门祈祷，愿一切太平。走出教堂后，他买了一份《仲裁者报》，看到上面的消息后，大惊失色，立刻冲到滑铁卢车站，想看一下铁路运输是否已恢复。但大街上依然熙熙攘攘，公共汽车、四轮马车、骑自行车的人和那些身穿盛装的人川流不息。报童们大声吆喝叫卖，可火星人来了的奇闻似乎对这一切没有丝毫影响。人们对此事感兴趣，或者说大受惊恐，也只是因当地居民的悲惨遭遇让他们恐慌。在火车站，他第一次听说，此时温莎和彻特西的铁路线已完全中断。几个脚夫跟他说，早上从拜弗里特和彻特西发来几封重要的电文，但竟突然中断。我弟弟从他们口中了解的细节少之又少。"韦布里奇周围正在打仗"就是他们所提供的信息了。

铁路运输服务现在一片混乱。车站四周站满了人，都是些等着迎接从西南铁路网方向来的亲戚朋友。一个满头灰发的年老绅士走到我弟弟身边，大声骂起西南铁路公司："它想要出洋相吧！"

一两列从里士满、普特尼和金斯敦方向来的火车驶进站了，车上满载着想外出划船一天却发现船闸紧锁的人。划船活动完全终止，空气中弥漫着恐慌的气氛。一个身穿蓝白相间运动服的人招呼我弟弟，他带来了一连串的新奇消息。

"许多人正驾着大马车、轻便马车以及其他车辆驶入金斯敦，车上满载着大箱小箱的贵重物品还有那些乱七八糟的东西。"他说，"他们从莫莱西、韦布里奇和沃尔顿来的，说在彻特西听到了枪声和重炮开火的射击声，还有骑兵催促他们立刻撤离，因为火星人就要来了。我们这些去划船的人到汉普顿宫廷车站听到了枪炮声，但却认为是在打雷。这一切到底是怎么回事啊？火星人不是不能爬出沙坑吗？"

我弟弟什么也说不出来。

后来，他发现恐慌情绪慢慢地在地铁人群中蔓延，星期天前往"西南绿肺"——巴恩斯、温布尔登、里士满公园、科韦等地游玩的人也开始纷纷返回来——很反常地提前回来，但除了道听途说外，他们都没带回任何新闻。由于提前返回，每个人都显得脾气暴躁。

五点左右，东南和西南火车站的交通路线开通了（而这条通信线到现在几乎一直关闭着），满载着巨型大炮的卡车和士兵的马车一辆辆地驶过。见此情形，聚集在火车站的人群变得十分兴奋。这些枪炮是从伍尔维奇和查塔姆开过来掩护金斯敦的。有人诙谐地调侃起来："你们会被吃掉的！""我们是驯兽员！"过了一会儿，一队警察进入火车站，开始遣散月台上的人群，我弟弟也被赶出车站，走到街上。

此时，响起一阵教堂钟声，晚祷开始了，一队少年救世军唱着歌走下滑铁卢大道。大桥上，许多流浪汉正盯着河中漂下来的一块棕色残渣看，它样子奇怪，一部分露出水面。太阳正要落山，钟楼和议会大楼巍然耸立，映衬着宁静得难以想象的天空。天空一片金色，镶嵌着长条纹状的紫红色云霞。有人在谈论漂浮在水上的物体，其中一个自称是后备队军人的男子告诉我弟弟，说他看见日光发射信号器发出的信号在西边闪烁。

我弟弟在惠灵顿街上碰见几个身材魁梧的壮汉，他们刚刚从舰队街冲出来，手中拿着还未干的报纸和醒目的张贴纸。"可怕的灾难！"他们此起彼伏地大叫着，从惠灵顿街冲下来。"韦布里奇开战了！详细报道！火星人撤退！伦敦危在旦夕！"他不得不付了三便士才买到一份报纸。

正是在看完报纸后，也仅仅在这个时候，我弟弟才对这些怪物的威力和恐怖有一些了解。他们并非一小撮行动呆滞的小动物，而是有着巨大机器躯体的智能生命；他们能迅速移动并实施打击，力量强大无比，再厉害的枪炮也不堪一击。

他们被描述成："巨大的蜘蛛状机器，差不多一百英尺高，速度堪比特快列车，能够发射出强烈的热光束。"在霍塞尔工地四周的乡野，尤其是沃金地区和伦敦之间的地带已经部署好伪装一番的组炮，主要是野战大炮。人们看见五个火星机器人朝泰晤士河奔去，其中一个碰巧被大炮击毁了。其他情况下，炮弹都未击中火星人，而炮车却被"热射线"立刻销毁。报纸提到士兵伤亡惨重，但电文语调却依然乐观：

"火星人被击退了，他们并非不可战胜。他们又撤退到以沃金为中心，用圆筒排成三角形的地带之间。携带着日光发射信号器的通信兵正从四面八方向他们推进。枪炮正从温莎、朴次茅斯、奥尔德肖特、伍尔维奇甚至还从北方迅速运来；其中从伍尔维奇运来的缠丝炮，重达九十五吨。总计一百一十六门大炮已就位或正在匆匆安置。这些大炮主要用于保卫伦敦。军事物资以如此庞大的规模和如此迅疾的速度聚集，这在英国是史无前例的。"

人们希望，更多圆筒落下时，正被火速制造并部署的高射炮能立刻将其摧毁。报道说，毋庸置疑，目前局势最离奇、最严峻，但却劝诫公众不必惊慌。火星人无疑是极端古怪恐怖的，但他们是以至多二十人在对抗我们的百万大军。

从圆筒的大小来看，官方有理由推断在每只圆筒外面活动的火星人不超过五个——总共十五个。而且至少有一个已被除掉——可能还有更多。要公正地警告公众危险正在逼近，当局会采取周密的措施保护受到威胁的西南郊区的人民。最后，文章再一次强调官方能确保伦敦安全，有能力对付这一切困难。这则准宣言似的报道结束了。

这则新闻以特大号字体印在报纸上，真的是新鲜出炉，连字迹都还未干，甚至连加一句评论的时间都没有。我弟弟说，看到报上的那些日常内容被无情砍掉，全部刊登这则新闻，真是太离奇了。

整个惠灵顿街上处处可以见到人们的手指快速翻动粉红的报纸，快速地读着新闻。斯特兰德大街上突然间叫卖声四起，一群小贩紧跟在这些先拿到报纸的人身后。人们从公共汽车上拼命挤下来想买一份报纸。不管人们先前有多么淡漠，这则新闻肯定令他们兴奋不已。据我弟弟说，斯特兰德大街上的一家地图店的百叶窗立刻拉了起来，可以看到窗户里一个身穿假日盛装、戴着橘黄色手套的男子正匆匆将萨里郡的地图绑在窗玻璃上。

　　手拿报纸，我弟弟沿着斯特兰德大街向特拉法尔加广场走去，只见一些从西萨里逃出的难民走了过来。一个男子驾着一辆蔬菜商用的四轮车，车上还有妻子、两个男孩和一些家具。他是从威斯敏斯特桥那边过来的，身后紧跟着一辆载干草的马车，五六个看上去受人敬重的人坐在上面，旁边是几个箱子和包裹。这些人一脸憔悴，与公共汽车上面带安息日欢愉神情的人形成鲜明的对比。身着时髦服饰的人从出租马车上伸出头来不断地打量他们。他们在广场上停了下来，好像不能决定走哪条路，最后他们沿着斯特兰德大街向西驶去。在他们身后不远处跟着一个身穿工作服的人。他骑着一辆前轮较小的老式三轮车，一脸是灰，面色惨白。

　　当我弟弟转身走向维多利亚大街时，又碰到许多这样的人。他隐隐感到可能会见到我的身影。他注意到许多特警正在维持交通。一些难民正同公共汽车上的人交流信息。一个人声称看见了火星人。"就像站在高跷上的锅炉。跟你说吧，像人一样大步流星。"许多人对这些奇特的经历津津乐道，变得兴奋活跃起来。

　　维多利亚大街那边，饭店生意兴隆，店员忙着招呼客人入座。街道的每一个角落都站着人，不是在看报纸，就是兴奋地高谈阔论，或是紧盯着这些星期日的不速之客。当夜色降临时，人群越聚越多，据我弟弟讲，最后街上的人多得就像德比赛马日的埃普瑟姆赛马场上的人那样摩肩接踵。我弟弟跟几个逃难的人攀谈起来，但他们大都跟他讲些没价值的事。

没有一个人可以讲讲沃金的消息，只有一个人非常肯定地跟他说，沃金在头天夜里被彻底摧毁了。

"我来自拜弗里特，"他说，"一大早就有一个骑自行车的人从那个地方过来，挨家挨户地警告我们赶快撤离。接着士兵就来了。我们出门一看，南边烟雾弥漫——除了烟，什么也没有，那个方向看不到一个人。接着从彻特西传来枪炮声，从韦布里奇走来好多人。于是我锁上房门就走了。"

那时，街上群情激奋，都在指责官方无能，在没有任何不便的情况下，竟不能对付这些侵略者。

八时左右，整个伦敦都能清楚地听到一声大炮发射的轰响。我弟弟那时正站在车水马龙的主路上，听不到炮声，但他随即跑过宁静的后街来到河边，炮声变得清晰可辨。

待我弟弟从威斯敏斯特步行走回位于摄政王公园附近的公寓时，已是凌晨两点左右。现在他非常担心我的情况。一想到我可能碰到巨大麻烦就变得坐立不安。就跟我星期六的情形一样，他浮想联翩，脑海中不断浮现出那些军事细节。一会儿想到那些默默待命的大炮，一会儿想到突然就变得空无一人的乡野，一会儿又想那有一百英尺高，站在高跷上的锅炉究竟是什么样。

一辆难民车从牛津街上驶过，还有几辆满载难民的大马车从玛丽勒本路上驶过，但是新闻传播的速度如此之慢，摄政王大街和波特兰广场跟每个星期天晚间一样，到处是散步的人，他们三五成群地交谈着。摄政王公园四周一切依然，许多情侣含情脉脉地从人群走出，漫步在星星点点的煤气灯下。尽管有一些压抑，夜色温柔而宁静；枪炮声时断时续地响着，午夜后南方好像出现片状闪电。

他把报纸拿在手上读了又读，担心我已遭遇不测。他根本无法入睡，随便吃了些晚饭后又漫无目的地徘徊在大街小巷。逛了一圈后，他回到家中拿出考试笔记，想转移注意力，却难以集中。半夜后他才上床小睡了一会儿，却老是做噩梦。一大早，敲门声，街上的奔跑声，远方的锣鼓声和叮叮当当的铃声就将他吵醒了。只见天花板上红光闪映，他一时惊呆了，躺在床上不敢动，不知是天亮了，还是世界发狂了。接着，他跳下床，冲到窗户前。

他的房间在阁楼上。当他使劲把头挤出窗外张望时，只听见窗框咯吱直响，整个街上响起一片回声，左右邻舍也随即伸出头来张望，个个睡眼蒙眬，头发凌乱，大声地询问发生了什么事。"他们来了！"一个警察边猛敲房门，边大声地叫道，"火星人来了！"说完后就匆匆地跑向另一户人家。

从阿尔巴利街军营传来一阵阵的锣鼓声和军号声。每一座教堂都敲响了警钟，一遍又一遍，声音急促刺耳，将人们从睡梦中惊醒。哐啷哐啷，一道道门被打开了。对面的房屋亮起一盏盏黄色的灯光，一扇扇窗户从黑暗中显现出来。

一辆车门紧锁的四轮马车在大街上飞驰过来，在街角处骤然急转，发出嘎吱的声音，哐当一声，就从窗下驶过，消失在远方。紧接着，车轮飞滚，几辆马车打着头阵冲了过来，其后尾随着长长一串的车辆。它们大多都没有沿着斜坡驶往尤斯顿，而是直奔白垩农场火车站。那里，开往西北方向的特殊专列正在装载货物。

我弟弟盯着窗外，看着警察挨家挨户敲门，对人们吼叫着令人不解的消息，一脸惊愕。过了好一会儿，才听到身后的门被推开了，原来是租住在楼梯平台对面的邻居走了进来。他身穿衬衫、长裤，脚跐一双拖鞋，背带松松垮垮地吊在腰间，头发蓬乱。

"究竟出了什么事？"他问道，"发生火灾了吗？闹得这么凶！"

他俩都使劲把头伸出窗外，想听听那个警察在叫什么。人们正从大街小巷中走出来，三五成群地站着讨论。

"这一切究竟是怎么回事？"和我弟弟同住的房客恼怒地问道。

我弟弟轻声应了几句开始穿衣服。每穿上一件，他就跑到窗前瞧一眼，生怕错过什么精彩的事情。此时，几个人在街上大声地吆喝起来，叫卖着晨报。今天的报纸出得一反常态的早。

"伦敦危急！金斯敦和里士满防线被突破！泰晤士河发生恐怖屠杀！"

于是，在他四周——楼下的房间里，两边和马路对面的房子里，公园街后面的房子里，玛利勒本那带、西波恩公园区和圣潘克拉斯的几百条街道上的房子里，西边和北边的克尔本、圣约翰伍德及汉普斯蒂特的房子里，东边的肖拉迪奇、海伯里正、黑格斯顿和霍克斯顿的房子里，还有，从伊宁到东汉姆的伦敦广大地区的每幢房子里——人们都揉了揉惺忪的睡眼，打开窗户往外瞧，漫不经心地问了问，随即迅速穿好衣服。此时，第一丝恐惧之风开始吹遍整个大街小巷。这是大恐慌的黎明时分。在星期日的晚上，伦敦人民还完全没有觉察到恐怖的来临，高枕无忧，平安入睡。可当他们一早被惊醒时，却深深地品尝到大难临头的滋味。

只是从窗户瞧根本不知道发生了什么，于是当晨曦染红房屋矮墙之间的一方天空时，我弟弟走下楼，走出房门。越来越多的人在街上徒步飞奔或坐车疾驰。"黑烟！"他听到人们在高喊，接着又是一声："黑烟！"恐惧开始在人群中蔓延，人人自危、无一避免。当我弟弟在门口犹豫不定时，另一个卖报的人走了过来，他立即掏钱买了一份。卖报人夹着其余的报纸跑开了，边跑边卖，样子慌张、滑稽——一份报纸就卖到了一先令，他既想逃难，又想挣钱。

我弟弟在这份报上读到军队总指挥发出的急电：

"火星人能够用火箭发射出有毒的黑色烟雾。他们击溃了炮兵部队，摧毁了里士满、金斯敦和温布尔登，正朝伦敦缓缓推进，沿路无坚不摧。无法阻止他们。在'黑烟'袭击下，除了立刻逃跑，无计可施，无处可藏。"

电文简短，却令人触目惊心。整个六百万人的大都市一片骚动。人们纷纷跑出家门，在街上狂奔起来，顷刻间，就汇成了一股浩浩荡荡往北而去的人流。

"黑烟！"人们不断高呼，"火！"

附近教堂的铃声叮叮当当地一阵狂响，一辆马车歪歪扭扭地驶了过来，在一片尖叫声和咒骂声中，撞在街边的水槽上。昏黄的灯光随着人在房子里来来回回地移动，一些驶过的马车上还招摇地亮着灯。而头顶上方，天空越来越明亮、晴朗、平定而安宁。

我弟弟听见身后有人在房间里来回跑动，上下楼梯。接着，女房东走到门口，松松垮垮地裹着睡衣和披肩，她的丈夫跟在后面，大声嚷着什么。

当我弟弟意识到事态的严重性后，急急忙忙地返回自己的房间，揣上所有的钱——总计约有十英镑，又冲到街上。

## 第十五章　血溅萨里

正当牧师坐在哈利福德附近平坦草场上的一排树篱下跟我胡言乱语地讲话时，正当我弟弟看着逃难的人拥向威斯敏斯特桥时，火星人又发起了进攻。战事报道相互抵触，但人们可以肯定的是，那天晚上，大多数火星人待在霍塞尔的沙坑里忙着做战事准备，一直到九点都还在加紧安装某种能释放出滚滚绿烟的设备。

但是在八点左右，肯定有三个火星人走出了沙坑，缓慢而又谨慎地穿过拜弗里特和比尔福特，向瑞普利和韦布里奇推进。在夕阳的余晖下，他们的身影跃入严阵以待的炮兵部队眼中。这些火星人并不是同时行进，而是排成一排，每一个距前面的同伴有一英里半。他们通过发出汽笛般的尖叫声来保持联系。那叫声的音调则由低到高，又从高到低，起伏不停。

我们在上哈利福德时听到的正是他们在瑞普利和圣乔治山上发出的吼叫声和枪炮的射击声。瑞普利的炮手都是些没有经验的志愿兵，他们简直不应该被部署在这样重要的位置。他们毫无准备地乱放一阵炮后，不管是否命中目标，就策马狂奔，穿过被遗弃的村庄，有的甚至徒步急逃。没有动用"热射线"，一个火星人默不作声地跨过大炮，小心翼翼地走到炮手中间，又从他们面前走过。接着，他竟出其不意地扑向佩因歇尔公园的大炮，将其击毁。

但是圣乔治山上的炮兵则领导有方，精神抖擞。他们埋伏在一片松树林中，一动不动，甚至离他们最近的那个火星人好像也没有注意到。他们好像正接受检阅，从容不迫地抬起炮杆，对准火星人，在一百码左右的射程内开火了。

顿时，火星人四周炮弹飞溅，只见他向前走了几步，一个踉跄就倒下了。炮手们齐声欢呼，以惊人的速度重新装上炮弹。那个被炸翻的火星人发出一声长号，第二个闪闪发光的火星人立刻回叫一声，在南面的树梢之上现出身来。三角怪兽的一只腿好像被一枚炮弹炸烂了。但第二轮连珠炮全打飞了，离躺在地上的火星人很远。与此同时，他的两个同伴端起"热射线"发射器，向着大炮猛射，弹药立刻爆炸，四周的松林猝然间燃起熊熊烈火。只有一两个已经跑过山尖的士兵逃过这场反攻。

之后，那三个火星人好像凑在一起商量了一会儿后就停止不动了。据负责监视他们的人报告，他们一动不动地在那里站了半个小时。被炸翻的那个火星人从帽罩中吃力地爬了出来，露出棕色的小小身影，从远处看去，就像是一块发霉的斑点，怪异极了。很明显，他正在着手修整受伤的腿。到九时左右，侦察兵见到他的斗篷又从树林中冒出，他一定修整好了。

那晚九点几分后，又有四个火星人加入打前哨的三个火星人当中，个个手中都拿着一个粗大的黑管子。他们递给先出现的三个火星人一人一个类似的黑管子后，便继续前行，沿着韦布里奇的圣乔治山和瑞普利西南的森特山村之间的一道曲线，七人分开站立，彼此之间距离相等。

当火星人开始行动时，十二枚火箭在他们面前腾空而起，向迪顿和埃歇尔周围埋伏着的炮兵部队发出警告信号。与此同时，四个带着黑管子装备的火星战斗机器人越过了河流。而此时我和牧师正沿着那条从哈利福德往北而行的马路仓皇出逃，浑身乏力、举步维艰。当我们猛地抬头，看见西方天空下，有两个火星人黑压压地出现在远处。因为乳白色的水雾笼罩原野，他们全身三分之二处隐藏在水雾之中，我们觉得，他们好像踩着云雾就奔了过来。

见此情景，牧师吓得想惊声尖叫，却又怕火星人听见，只得撒腿就跑。我知道此时逃跑是无益的，便转到一旁，钻进湿漉漉的荨麻丛和黑刺莓丛，爬进公路边宽阔的水沟里藏了起来。牧师扭头一瞧，见我进了水沟，便转回来跟我躲在一起。

两个火星人停了下来。那个面对桑柏里站立的离我们较近，离我们远一点的则面朝斯坦恩斯，在夜晚的星光下，只见灰蒙蒙的一大团。

火星人停止了时断时续的吼叫，他们以巨大的新月形分布在所有圆筒周围，没有发出丝毫声音，一片沉寂。新月两个弯角之间相距十二英里。自从火药发明并被用于战争后，没有哪一场战斗的开端如此寂静。我们和在瑞普利四周侦察的士兵一定有着完全相同的感受——火星人就像这神秘莫测的黑夜的唯一主宰，只有一轮细月，满天星斗，夕阳余晖以及圣乔治山上和佩因歇尔山松林中冒出的火红光亮才将这黑夜照亮。

但是正对着那无处不在的新月布阵——在斯坦恩斯、汉斯洛、迪顿、埃歇尔、奥克汉姆，在每条河流南面的山林之后，越过新月阵北面的平坦草地，只要一丛树林或者几幢乡村住宅能形成掩护的地方———门门大炮正严阵以待。火箭发出的信号在夜空中绽放出炫目的火焰，点点火星倏忽即逝。密切关注的炮兵部队顿时神情紧张，精力高度集中。只要火星人一进入火线，那些匍匐在地上一动不动、黑压压的人影，那些在傍晚的天空下微微发光的大炮立刻就会如惊雷般打响战斗，炮火连天。

毫无疑问，那些警觉的人们跟我一样最关注的问题是——他们对我们了解多少呢？这就像一个谜。他们知道我们几百万人组织有方、纪律严明、同心协力吗？或者他们理解我们的火力扫射，我们的弹药突飞，我们的步步包围吗？就像我们也明白马蜂窝一旦受到骚扰，所有的马蜂都同仇敌忾，发疯般地猛叮骚扰者。他们想过要将我们全部消灭吗？（在那时没有人知道他们吃什么。）当我注视着火星人哨兵那巨大的身影时，上百个这样的问题挤进我的脑海。而在我思绪的最深处我知道伦敦方向一定埋伏着我们所有的军事力量，无人知道他们的行踪，却一定是千军万马。他们给敌人布下陷阱了吗？汉斯洛的弹药厂就是一个现成的圈套吗？伦敦人有决心和勇气缔造一个比疆域广大、房屋众多的莫斯科还伟大的城市吗？

我们半蹲在水沟里，透过树篱窥视着火星人的举动，时间好像永无止境。过了好一会儿，才听到远方传来一声炮响。又是一声，离我们更近了，接着又是一声。于是，我们旁边的那个火星人高高地举起了管子，像放炮似的打了一炮，一声巨响，大地随之颤抖。面向斯坦恩斯的火星人也随之回应一炮。见不到一丝火花，一缕烟雾，只听到爆炸轰鸣。

这些重型小炮一枚接一枚，威力巨大，竟令我兴奋异常，我忘了个人的安危，顾不得双手被烫伤，又爬出水沟，进入树篱，紧盯着桑柏里方向。此时，第二次爆炸声传了过来，一个巨大的抛射体从头顶越过，"哐当"一声，朝汉斯洛飞去。我还指望能至少见到烟雾或者火花，或者一丝表明炮弹发射过的痕迹，但除了头顶上方高悬着一颗孤星的深蓝天空，弥漫四野的白色水雾，我什么也没有看见。没有乒乒乓乓的声音，也没有回应的炮声。一切又归于沉寂，一分钟的时间变得像三分钟一样长。

"怎么啦？"牧师在我旁边站了起来，问道。

"鬼才晓得！"我说。

一只蝙蝠扑扇着翅膀，飞走了。远方传来喧嚣的吼叫声，又什么也没了。我去瞧火星人，只见他正沿着河岸向东边滚滚而行，速度迅疾。

他每动一下，我都盼望着隐藏着的某门大炮能开火击中他，但傍晚的夜色依然一片宁静。火星人的身影越变越小，渐浓的，夜色和水雾将他吞没了。在冲动的激情驱使下，牧师和我爬到树篱更高处。桑柏里那边一团漆黑，就像猛然出现了一个圆锥形的小山，挡住了我们的视线，无法远眺更远的荒野。于是我们把目光投向河对岸，在沃尔顿的上方，我们看见了另一座圆锥形的山峰。当我们凝目注视时，这些像山一样的东西变得越来越低，越来越大。

我突然闪过一个念头，往北一看，那边冒出第三个云状的黑色小山。

突然间一切都变得非常安静。远远地从东南方向传来火星人此起彼伏的鸣叫声，显得周围更静。随即，又传来火星人炮弹沉闷的轰响声，空气好像也随之颤动。人间的枪炮却没有发出一点回应声。

当时我们不明白这是怎么回事，后来才弄懂这些在黄昏中骤然出现的不祥小山是什么东西。站在我描述过的巨大新月阵里的火星人个个端起像炮一样的管子对着碰巧出现在面前的一切东西——高山、小丘、几幢房舍，或者其他任何可以掩藏枪炮的东西——发射巨大的霰弹。有的火星人只发射了一枚，有的发射两枚——就跟我看到的情形一样。据说在瑞普利的那个火星人一口气发射的霰弹数不低于五枚。这些霰弹撞击在地面上，砸开了花——竟然没有爆炸——大量墨汁般浓黑的气体立刻倾泻而出，盘旋着喷向空中，形成一个巨大的乌黑云团，再变成一座慢慢下沉、不断向四周荒野扩散的气体山。一碰那种气体，一闻到那刺鼻的气味，人就立刻丧命。

这种气体很重，比最浓的烟雾还要重。在它汹涌澎湃地向空中喷射、倾泻出能量的第一瞬间后，即穿过空气往下沉，以液体而非气体的方式流满整个地面。它从高山上汩汩流向山谷、沟渠、水道，就像我曾听说过的碳酸气体从火山口泄流而下一样。它一遇到水就会发生化学反应，水的表面会立即被一种粉状的残渣覆盖。这种残渣慢慢往水底下沉，给更多的残渣让出空间，并且绝对不溶于水。人可以喝从中过滤出的水而无丝毫不适。这种气体发生的瞬间变化真是太离奇了。它不像一般气体会扩散，而是像云一样全部笼罩在地面上，沿着地上的斜坡缓缓流动，风要吹动它都很困难。待它与空气中的雾气和水汽缓慢结合后，它便以尘埃的形态沉降到地上。除了知道其中有一种未知元素在蓝色光谱上释放出四道组线外，我们至今对这种物质的性质还一无所知。

一旦滚滚黑气停止往上升腾后，黑雾就紧紧地贴在地面上。甚至在凝结成水之前，黑雾已将地面紧紧包裹。这样一来，人们只要在五十英尺之上的高空——房顶上、高楼的上面几层、大树上——就有机会逃脱它的毒害。那天夜晚在科巴姆大街和迪顿就证明了这一点。

在科巴姆大街逃生的一个男子绘声绘色地讲述这种气体怎样奇怪地盘旋流动以及他怎样站在教堂尖顶俯瞰下方。他说，他看见一座座山村房舍从黑暗中露出身形，就像无数个幽灵。他在教堂尖顶上待了整整一天半，又累又饿，饱受烈日灼烤。蓝天之下，大地像天鹅绒般一片漆黑、空旷，映衬着远山。太阳升起来了，红色的房顶、绿色的树木、黑黢黢的灌木丛、大门、马厩、外屋和房墙——沐浴在阳光下。

但这只是斯特里特·科巴姆的情况，黑气一直笼罩在此处，直至自动沉到地上。通常情况下，只要黑气达到目的后，火星人就进去，在上面喷射出一股气流，将它从空气中清除。

我和牧师躲在通往哈利福德的一幢废弃的房子里。借着星光，我们从窗口看见他们以这样的方式处理掉我们附近的雾。我们可以看到里士满山和金斯敦山上来回扫射的探照灯。十一时左右，窗户嘎吱直响，只听到早就部署在那里的巨型攻城加农炮发出一声轰响。轰响声断断续续地持续了十五分钟，原来加农炮没有看见火星人就朝汉普顿和迪顿乱射一气。紧接着探照灯的苍白光束消失了，亮起一道明亮的红光。

第四只圆筒降落了——就像一颗璀璨的绿色陨星——我后来才知道它落在布西公园里。在里士满和金斯敦战线上的大炮尚未开火之前，就听见遥远的西南方一阵炮轰。我想，一定是想在黑气令炮手窒息之前，来一番狂轰滥炸。

像人用烟熏马蜂窝一样，火星人有条不紊地在他四周散播着这种令人窒息的古怪气体，一直向伦敦方向的原野蔓延。新月阵的两只弯角慢慢地拉开了，最后形成了一条直线，从汉威尔拉直到库柏和莫尔登。火星人带着致命的黑管子连夜前进。自从一个火星人在圣乔治山上被炸翻后，他们再也没有给炮兵部队任何还击的机会。无论什么时候，只要觉得可能有大炮掩藏，无法看见，他们就会发射一枚释放黑色气体的霰弹，而只要看见大炮公然摆放在跟前，他们就会用"热射线"扫荡一阵。

到半夜时，里士满公园内，山坡上的树林燃起了熊熊大火，金斯敦山上的火光照亮了漫天的浓黑烟雾。黑雾遮住了整个泰晤士河谷，一直向远方扩散。两个手拿气流喷枪的火星人慢慢地走进黑雾中，这里喷一下，那里喷一下。

那天夜里火星人没有使用"热射线"，或许是因为生产原料的供应有限，也或许是他们并不想彻底摧毁这个国家，只是想镇压和威慑随之而来的反抗。显然他们成功实现了后一个目标。星期天晚上是最后一次有组织地反抗他们的进攻。自那以后没有一个人可以抵抗他们，抵抗无异于以卵击石。甚至连装备有迫击炮的驱逐舰和鱼雷船开到泰晤士河后，船员们都拒绝停下，发生兵变，逃跑了。那夜后，人们斗胆做出的有攻击性的尝试就只剩下埋地雷和挖陷阱。就算是那样，士兵们也是处于癫狂状态，一会儿精神百倍，一会儿萎靡不振。

人们可以尽情想象那些在暮色中面对埃歇尔严阵以待的炮兵部队会有什么样的命运。人们可以想象出以下的场景：士兵们秩序井然地等候命令，指挥官们警惕地观察四周，炮手们准备就绪，弹药就堆在身边，牵引手把火炮绑在马车上，旁边还有一群老百姓在许可的范围内站着观看，暮色宁静，救护车停在一旁，医疗帐篷搭了起来，从韦布里奇来的伤员就躺在里面。随后，火星人开火了，一声声沉闷的轰隆声在空中回响，笨大的射弹从树梢和屋顶呼啸而过，在附近的田野中炸开了花。

人们也可以想象这样的场景：注意力突然转移，黑气迅速盘旋、变得鼓鼓胀胀，向前推进，直冲云天，顷刻间苍茫暮色变成浓浓黑夜。敌人正以奇怪而恐怖的黑气疯狂摧残它的受害者。它周围的马匹和人群隐隐可见。人马都四处逃窜，高声尖叫，栽倒在地，惊恐的惨叫声不绝于耳。大炮被突然扔在一边，士兵被呛住了，痛苦地在地上扭曲着身体，而那没有一丝光泽的圆锥形烟雾正迅速地向四边扩散开去。接着，黑夜降临，一切都灭绝了——除了浓不可透的黑气，寂静无声地掩藏着一具具尸体，什么也没有了。

黎明来临之前，黑气涌过了里士满的大街小巷，分崩离析的政府机构拼着最后的力气唤醒了伦敦人民，敦促他们务必逃离。

## 第十六章　出伦敦记

　　因此，你可以想象，当星期一的黎明来临时，恐惧浪潮就以凶猛的气势席卷了这个世界上最大的都市——逃难的人流迅速壮大，汇成湍急的河流，在火车站四周溅起无数泛着白沫的浪花，在泰晤士河畔疯狂争抢船位的人群堆积起如山的潮水，又沿着每一条往北和往东的运河匆匆流淌。到十点时，警方失去了凝聚力，到正午时连铁路机构也和警方一样组织涣散，效率全无，软弱无力，最后与逃难人流融为一体，加入逃难的汹涌浪潮中。

　　泰晤士河以北的所有铁路线和坎伦街的东南铁路局在星期日的半夜就收到警告消息，所以所有的火车都装满了人。凌晨两点时，人们就已像野人般地在车厢里争抢每一个可以站立的地方。三点时，距利物浦街火车站几百码远的主教门大街上，甚至发生踩踏事件，有人被挤倒在地，活活被踩死，有人被左轮枪击中了，有人被刀刺伤了，被派去维持交通的警察累得筋疲力尽、火冒三丈，将本该受他们保护的人打得头破血流。

时间一分一秒地流逝，而火车司机和司炉都拒绝返回伦敦，急切逃离的心情迫使火车站上越聚越多的人流离开火车站，选择从往北的马路逃离。中午时分，一个火星人出现在巴恩斯，一团缓缓下沉的云状黑气，沿着泰晤士河向前扩散，掠过了兰伯斯平原，切断了所有通过大桥的逃生之路。另一股雾在伊令上空穿过，把城堡山上的一小群人包围起来，他们就像被困在海中的孤岛上，虽然活着，却不能逃跑。

我弟弟本想在白垩农场赶上一辆往西北而去的火车，一番拼命挤斗后却连车边也没靠拢——在货场上就已装满货物的火车不堪重负，吃力地驶过尖叫的人群。十二个身强体壮的汉子卖命地阻拦着发疯的人群。人群快要将司机挤扁了。司机靠在锅炉上不能动弹——我弟弟在仓皇出逃的车流中东躲西闪，第一个冲进一家自行车店，抢劫了一辆自行车。可是，自行车的前胎从窗户里拖出来时被窗玻璃划破了。他刚骑到白垩农场的马路上就摔了一跤，不过倒无大碍，只是手腕被划了一条口子。骑到陡峭的哈佛斯托克山脚时，由于几匹马摔倒在路上，无法往前走了，我弟弟只得转到贝尔塞日路。

他总算避开了狂暴不安的人群，绕着埃奇韦尔路一路急行，他累得筋疲力尽，但已将人群远远地抛在后面了。他一路上都能看见一些人好奇地站在路边，一脸想知道发生什么事的表情。骑自行车的、骑马的，还有两个骑摩托车的先后超过了他。在离埃奇韦尔一英里远时，自行车轮胎破了，再也不能骑了。他只好将它扔到路边，徒步穿过了山村。那里的主要街道上还有些商店半开着门。人行道上、门口、窗户边挤满了人，他们大睁着双眼盯着这股异常的逃难人流，惊恐万分。他好歹在一家小饭馆里弄到了一些食物。

他在埃奇韦尔滞留了好一会儿，不知道下一步该怎么办。逃难的人越来越多。有好多人都像我弟弟一样，愿意在这个地方歇一阵。但大家都没有火星人的新消息。

那时路上虽有很多人，却还远说不上拥堵不通。那时大多数人都还只骑着自行车，但不一会儿，就见到有人骑着摩托车，或乘着漂亮的出租马车、四轮马车匆匆急赶，通往圣阿尔巴斯的公路尘土飞扬。

一开始，我弟弟只隐隐觉得应该到切姆斯福去，因为他的一些朋友在那儿，最后他终于下定决心拐进一条往东而去的僻静巷子。随即，他看见一道架在树篱上的阶梯，跨越过去后，他沿着一条小路朝东北方向奔去。路过好几座农舍和几个不知名的小地方，他一路没有见到几个逃难的人。直至在一条长满杂草的小巷里，他才碰到两个女子。他来得真巧，及时救了她们，随后还带着她们一块儿逃难。

当时，他听见她们惊声呼叫后便急忙转过街角，只见两个强盗正拼命想将她们从小马车上往下拽，还有一个强盗正吃力地勒住那头受惊小马的头部。其中一个女子身穿白裙、个子矮小，只是一个劲地尖叫；另一个女子皮肤黝黑、身材修长，一个强盗拽住了她一只胳膊，她用另一只手握紧皮鞭，猛抽那个强盗。

我弟弟立刻明白发生了什么事，大吼一声，往搏斗地点冲去。一个强盗停了下来，转向他。身为一个拳击好手，我弟弟一看那人的表情，顿知一场恶战在所难免，便立马扑向他，将他摔倒在车轮下。

此时可不需要展示拳击运动员的风范，我弟弟接着飞起一脚将他踢得悄无声息，又一把抓住和苗条女子厮打在一起的那个强盗。他听到一阵马蹄声，一条鞭子从他眼前掠过。第三个强盗竟一鞭击中了他的双目正中之处，那个他本已制伏的强盗趁势挣脱，朝他来的方向逃跑了。

我弟弟蒙了片刻，回过神后才明白面前的男子是第三个勒马的强盗，马车正顺着小巷左摇右晃地离他而去，两个女子坐在里面扭头往后看。那第三个强盗长着一身横肉，正想拦住他。我弟弟朝他的脸猛挥一拳，他不敢靠近了。他明白过来，那辆马车不管他了，他便拔腿直追马车，那个硕壮的强盗紧跟在后面，就连那个逃走的强盗也远远地跟在后面。

突然他跌了一跤，摔倒在地上，紧追不舍的强盗冲上前来。待他爬起来，面前又站着两个强盗。幸亏那个身材苗条的女子鼓起勇气把车停下来，掉转马头向他伸出援助之手，要不他可没有机会打赢那两个强盗。她其实一直带着一把左轮手枪。但当强盗袭击她们时，枪却由于放在座位下面，无法拿出来。她在六码远的地方开了一枪，差一点打到我弟弟身上。一个胆子较小的强盗被吓跑了，他的同伴跟在后面，大骂其胆小如鼠。跑到第三个强盗躺着不能动弹的地方时，他俩都停了下来。

"拿着！"身材苗条的女子说道，递给我弟弟她的左轮手枪。

"回到车上。"我弟弟擦了擦嘴上的血，对那女子说道。

她一言不发地转过身去。他俩气喘吁吁地跑回马车处，身穿白裙的女子正使劲勒住受到惊吓的小马。

强盗们显然吃够了苦头，等我弟弟再看时，他们开始往后撤退了。

"如果可以的话，我就坐这儿了。"我弟弟说完后，就一屁股坐到前排空位上。那个女子侧肩看了一眼。

"把缰绳给我。"她边说边朝马屁股猛抽一鞭。不一会儿，他们就驶到马路转弯处，那三个强盗不见踪影了。

接着，我弟弟开始查看全身，他竟出人意料地大喘粗气，嘴巴破了，下颌裂了，鲜血糊满手关节，而他正和这两个女人驾着马车沿着一条叫不出名的小巷奔跑。

他了解到，她们是姑嫂，一个是斯坦摩尔外科医生的妹妹，一个是他妻子。外科医生一大早就到平纳出诊，医治一个危急病人，他在某个火车站听说了火星人逼近的消息。他匆匆回到家中，唤醒妻子和妹妹——他们的女仆两天前就走了——收拾了一些生活必需品，放了一把左轮枪在座位下（多亏它，我弟弟才得救），叫她们驾车到埃奇韦尔，并在那里转乘火车，他自己则留下来通知邻居们。他说，他会在凌晨四点半时追上她们的，可现在已快九点了，她俩连他的人影儿也没见到。由于越来越多的车辆穿过埃奇韦尔，她们根本无法停下来，只得驶入这条偏僻的小巷。

她们断断续续地给我弟弟讲了这些，不一会儿他们就离新巴尼特不远了，三人停了下来。为了安慰她们，他答应会一直跟她们待在一起，至少等到她们决定该怎么办或等到那个本该出现的人到了他才走。为了让她们有信心，他甚至还假装说自己是个用左轮枪的高手，其实他一点也不熟悉这种武器。

他们在路边搭了个帐篷样的东西，小马在树篱里快乐地吃起草来。我弟弟给她俩讲了他逃出伦敦的经历以及所知道的火星人的一切事情。过了一会儿，太阳爬得更高，他们不再讲话了，都焦急地等待着。此时几个徒步的人沿着小巷走了过来，我弟弟走上前，向他们打听消息。他们说的每一件支离破碎的事情都让我弟弟更加深刻地感到人类真的已是大难临头，更让他下定决心赶快逃离此地。他便开始急切地劝说两个女子不要再等医生了。

"我们有钱。"那个苗条的女子欲言又止地说。

她抬头见我弟弟正盯着她，便不再犹豫了。

"我也有钱。"我弟弟立即明白了她的意思。

她解释说她们带了三十英镑的金币，还有一张五英镑的支票，这些钱也许够她们在圣阿尔巴斯或新巴尼特乘上火车。由于亲眼见过伦敦人在火车站是怎样疯狂地挤成一团，我弟弟觉得乘火车希望渺茫，便提出不如大家一起横跨埃塞克斯郡，直奔哈里奇，从那儿逃出英国。

埃尔芬斯通太太——那个白衣女子——听不进任何道理，一个劲儿地叫着她丈夫的名字。她的小姑倒是出奇地平静和从容，最后还是接受了我弟弟的建议。于是，他们决定越过北大道后继续朝新巴尼特赶，由我弟弟驾车，尽可能地节省马的体力。

当太阳爬到正当空时，天气炎热得让人难受，脚底下厚厚的灰白泥沙变得灼热无比，令人无法睁开眼睛，树篱上也覆盖着一层灰白的泥灰，他们只有缓慢前行。当他们快到新巴尼特时，听到一阵嗡嗡的响声，而且越来越大。

他们看到路上的人增多了。他们大都凝视前方，嘟囔着含糊不清的问题，满脸憔悴，精疲力竭，浑身脏兮兮的。一个身穿睡衣的男子从他们身边走过，他的双眼盯着地下。他们听到他的说话声，回头一看，只见他一手紧紧地揪着头发，另一只手胡乱地在空中挥舞着。待这阵暴怒发作后，他又头也不回地继续赶路。

我弟弟他们一行三人朝通向新巴尼特南边的十字路口继续赶路，看到一个妇女怀抱着一个婴孩，跟着身边的另外两个孩子穿过田野，朝马路走来。接着，他们从一个身穿黑衣，一手握着拐杖，一手拎着个小箱子的男子身边经过。转过小巷的角落，穿过与小巷与高速路会合处的幢幢别墅，一辆小马车驶了过来。拉车的黑色小马驹大汗淋漓，驾车的青年面带土色，戴着一顶满是灰尘的圆顶高帽。车上还挤有三个伦敦东区工厂里的姑娘和几个小孩。

"这条路能到埃奇韦尔吗？"满脸苍白、双眼发直的车夫问道。等弟弟告诉他左转就可以到埃奇韦尔后，他连一声谢谢也没说，就立刻挥鞭而去。

我弟弟注意到，一阵淡灰色的烟雾从他们前面的房子中升了起来，别墅后公路上的一排排房屋全都像蒙上了一层纱。埃尔芬斯通太太突然大声叫了起来，只见火辣辣的蓝天下，那些房子吐出无数红色的火舌，烟雾腾腾，直往高空蹿。先前的嗡嗡声没有了，只听到滚滚的车轮声，人们的惊呼声，马车的咯吱声，马蹄声，交织成一片。离十字路口不到五十码的地方有一个急转弯，我弟弟只得突然急转。

"天哪！"埃尔芬斯通太太叫了起来，"你要开到哪里去啊？"

我弟弟停了下来。

大路上人声鼎沸，万头攒动，滚滚人流正匆匆往北而行，一个紧挨一个。匆匆疾行的马蹄、脚步和车轮，扬起漫天尘雾，久久不散，在耀眼的阳光下闪烁着白晃晃的光，使人无法看清地面二十英尺内的一切东西。

"让开！"我弟弟听到人们不断高喊，"让路！"

马车接近了小巷与大路的会合处，就像驶入一片烟火之中。人群像熊熊烈火般沸腾起来，漫天尘埃炙热、刺鼻。马路前方不远处，一幢别墅正在燃烧，黑色的浓烟滚滚而起，掠过路面，使得场面更加混乱。

两个男子走了过去。接着，一个脏兮兮的妇女扛着一个沉甸甸的包裹，哭着走了过去。一只走丢的金毛狗，吐着舌头，在他们周围打着转，一脸受惊的样子，可怜兮兮的。我弟弟大吼一声把它吓跑了。

往右边看去，只见房子之间通往伦敦的公路上，人流如潮水般汹涌，每一个人都脏兮兮的，匆匆忙忙往前挤，全堆在路两边的别墅之间。当他们冲向拐角处时，可以清晰地看到每一个人的模样，待他们迅速转过街角时，黑压压的人头和拥挤的身形又混成一团，渐渐远去，已全然分不清谁是谁，最后全都消失在阵阵尘埃中。

"快走！快走！"人们高声叫喊，"让道！让道！"

大家你推我攘。弟弟牵着马也不由自主地随着人流沿着小巷一步步地缓缓往前走。

如果说埃奇韦尔场面混乱，那么白垩农场可就是一派骚乱动荡了，毕竟所有的人都在逃跑。一大群人，多得难以想象，根本就分不清每个人是什么样子，只看到一个个人影像洪水般冲过拐角处，背对着小巷里的人流，消失在前方。那些走路的人挤在马车之间，车轮随时都会碾到他们，有的跌倒在水沟里，有的彼此碰到一起。

两轮马车和四轮马车挤成一团，道路水泄不通。跑得快些，不太耐烦的马车只有见缝插针，见到有机会可以强行通过时，就向前猛冲，不时将走路的人逼退到别墅的栅栏和大门边。

"快点！"有人叫道，"快点！他们来了！"

一个身穿救世军制服的瞎眼男子站在一辆小马车上，用弯曲的手指打着手势，大声咆哮："不朽！不朽！"他声音嘶哑，嗓门却很高。我弟弟见他消失在漫天尘雾中后，好久都还能听到他的声音。马车陷在车群里不能动弹了，一些马车夫一边胡乱地抽着马匹，一边愤怒地和别的马车夫争吵着；一些坐在车椅上动也不动，痛苦而茫然地盯着前方；一些则急得直啃手，或者干脆长躺在车厢里。马匹双眼充血，马嚼子上覆满白沫。

出租马车、四轮马车、运货马车、大篷马车，不计其数。还有一辆邮车、一辆标有"圣潘克拉斯教区委员会"字样的清洁车、一辆满载壮汉的运木头的车。一辆酿酒厂的大货车轰隆隆地驶过，两个前轮飞溅着鲜血。

"让路！"人们高声叫着，"让路！"

"不朽！不朽！"一路上回荡着瞎眼男子的咆哮声。

衣着讲究却面目憔悴、神色忧伤的妇女拖着她们的孩子迈着沉重的步子走了过去。孩子们一路哭哭啼啼、跌跌撞撞，漂亮的衣服扑满灰尘，疲惫的脸被泪水弄花了。旁边的男人们，有时伸手帮帮忙，有时则又阴郁不振还大发雷霆。一些疲惫的街边流浪汉，衣衫褴褛、双目发直、大声地说着粗话，就在他们旁边挤来挤去。身强体壮的工人横冲直撞，而那些身着职员或店员制服的男子则在人群中拼命挤，衣衫不整，一副可怜相。我弟弟还看到一个受伤的士兵，一些身穿铁路搬运工制服的男子，还有一个可怜的人穿着睡衣，外面胡乱套着一件外套。

尽管逃难者形形色色，却都有相同之处。他们脸上无不露出恐惧和痛苦的神情，身后也尽是恐惧。马路上的一次骚动，为了抢座位的一次争吵，都让所有的人吓得加快逃难的步伐。就连一个吓破了胆、浑身是伤、双膝跪地的男子也会像受到电击般兴奋起来，撒腿就跑。热浪和尘土早就折磨着无数的人流。他们个个皮肤被烤干，双唇干裂得发黑，喉咙冒烟，双脚起泡，疲倦不堪。各种叫喊声不绝于耳，其中还夹杂着争执声、责备声、疲倦的呻吟声，人们嗓音沙哑、有气无力。然而一个叫声却自始至终没有停过："让开！让开！火星人来了！"

在那股洪流中几乎没有人停下来或者站到一边去。小巷倾斜着进入大路，开口很小，给人以错觉，认为是从伦敦方向过来的路。然而，旋涡似的人群流进了路口，身体不好的人冲了进去，又被挤了出来，但大多数都只是稍息片刻后就又冲进人流中。小巷下坡不远处，一个人躺在那儿，光着一条腿，包扎着血淋淋的破布，旁边有两个朋友一样的人俯身照顾他。有朋友照顾，他可真幸运。

一个小老头，蓄着灰色的军人胡子，穿着一件脏兮兮的黑色礼服外套，一瘸一拐地从旋涡中跳了出来，一屁股坐在旁边，脱掉靴子——他的袜子浸满鲜血——从里面抖出一块小石头，又一跳一跳地往前继续走，接着一个八九岁大的小女孩独自一人走了过来，一下倒在我弟弟身旁的树篱下，呜呜哭叫起来。

"我走不动了！我走不动了！"

我弟弟早被汹涌的人流惊呆了，哭声将昏沉沉的他惊醒，他将小女孩抱了起来，轻声地安慰她一番后，又把她抱到埃尔芬斯通太太跟前。我弟弟一挨着她，她就变得十分安静，就像被吓坏了。

"艾伦!"人群中一个妇女带着哭腔高声尖叫着,"艾伦!"小女孩猛地从我弟弟身边冲出去,高声喊道:"妈妈!"

"他们来了!"一个骑马的人沿着小巷边跑边叫。

"闪道,快点!"一个马车夫高高地坐在车上,大声咆哮着,我弟弟看见一辆车门紧闭的四轮马车拐进了小巷。

为了避让马蹄,人们纷纷后退,挤成一团。我弟弟把马车推回到树篱中,那个车夫策马而过,在拐弯处停了下来。那是一辆单轫双马的四轮马车,但只剩下一匹马拉着车。透过漫天扬尘,弟弟隐隐看到两个人从车上抬出一副白色的担架,上面不知是什么东西,随后又轻轻地将它放在女贞树篱旁的草丛上。

其中一人跑到我弟弟跟前。

"哪里有水?"他说,"是加里克勋爵。他快要死了,口渴得很。"

"加里克勋爵!"我弟弟惊呼道,"大法官吗?"

"有水吗?"他又问。

"可能有的房子里还有自来水,"我弟弟说,"我们没有水。我不敢丢开我的人。"

那人使劲推开人群,朝拐角处房屋的大门挤去。

"往前走!"人群边说边推攘他,"他们要来了!往前走！"

随即，我弟弟的注意力转移到一个留着络腮胡，长着一张鹰脸的男子身上。他拖着一个小提包。当我弟弟的目光落在那个小包上时，小提包裂开了，从里面吐出一大堆金币，一个个地蹦落到地上，在纷乱的脚步和马蹄中四处滚动。那男子停了下来，傻傻地盯着这一大堆钱，一辆出租马车的车轴撞到他肩上，将他撞倒在地，滚了几圈。他发出一声尖叫，往后躲闪，一个车轮差一点碾到他。

"让开！"他周围的人都叫了起来，"让开！"

等出租马车驶了过去，他张开双手，扑到那堆钱币上，开始大捧大捧地往衣包里塞钱。此时，一匹马向他冲过来，近在咫尺，他还未站起身，就被踩在马蹄下。

"停下来！"我弟弟惊呼道，推开挡住路的一个妇女，想冲过去拉住马嚼子。

还没有走到马跟前他就听到车轮下一声尖叫，只见车轮在飞扬的尘土中从那个可怜人的背上碾了过去。我弟弟从马车后绕过去，车夫鞭子正好抽中他。他耳边响起无数的惊叫声。那个男子在飞扬的尘土中扭动着，四周撒满钱币。他无法站起来了，车轮将他的背脊压断了，下肢也瘫痪了。我弟弟站了起来，对着紧随其后的马车夫大声吼起来，叫他停下。一个骑着黑马的人跑过来把他拦住了。

"把他抬到路边！"骑黑马的人说，抓住那男子的衣领，我弟弟把他拖到了人行道边。但他双手还紧紧地拽着钱币，凶狠地盯着我弟弟，用一把金币猛砸他的胳膊。"快点！快点！"身后的人群愤怒地吼叫着，"让开！让开！"

乒乓一声，一辆四轮马车的车辕撞到骑黑马的人拦住的二轮马车上。我弟弟抬头看时，那个紧握金币的男子竟扭过头来朝逮住他衣领的手腕猛咬一口。伴着一阵剧烈的震荡，那匹黑马在人行道边打了几个趔趄，拉二轮马车的马匹猛地冲了起来。一只马蹄差点踩到我弟弟。他松开那个男子，往后跳开。地上那个可怜的家伙此时已全无愤怒之色，满脸惊恐，转眼之间，滚滚人流就将他吞没了。人流也卷着我弟弟往后退，把他带过了小巷入口，他只得拼命挣扎着往回走。

只见埃尔芬斯通太太双手紧紧蒙住眼睛。一个小孩圆睁着双眼，看着那团糊满灰尘、黑乎乎的东西躺在地上一动不动，滚滚车轮从身上碾压过去，眼中饱含着一个孩童所有的同情之心。"我们往回走！"我弟弟吼道，接着让小马驹掉转头来。"我们走不过去——该死！"他解释道，他们沿着来时的路走了一百码，拥挤不堪的人流消失在漫天扬尘中。他们经过小巷拐弯处，弟弟看见那个奄奄一息的勋爵躺在女贞树篱下的水沟里打哆嗦，他脸色惨白，脸绷得紧紧的，豆大的汗珠闪闪发光。两个女士蜷缩在马车座椅上，沉默无语，浑身直发抖。

　　过了拐弯处，我弟弟又停了下来。埃尔芬斯通小姐脸色苍白，一副可怜相，她的嫂子坐着哭个不停，已没有心思再叫"乔治"。我弟弟被吓坏了，不知该怎么办。但他们一往后撤退不久，他就意识到了形势的急迫，非得突破过去，再试一下在所难免。他转身征询埃尔芬斯通小姐的意见时，变得异常坚决了。

　　"我们还得走那条路！"他边说边又掉转马头。

　　那天，埃尔芬斯通小姐又一次展示了她临危不惧的品质。为了强行进入滚滚人流，我弟弟跳下马车，扑进车流中，拦住一匹拉出租马车的马，她则策马从头越过。一辆大篷车卡住了车轮，从车身上撕下一块长长的碎片。顷刻间他们就无法动弹，被人流卷着向前。我弟弟脸上、手上都被出租马车夫抽出一道道血红的口子，他吃力地爬上车，一把夺过埃尔芬斯通小姐手中的缰绳。"要是他们靠我们太近，"他把左轮手枪递给她，说，"瞄准后面的那个人。不——瞄准他的马！"

　　于是他开始四处张望，寻找机会穿过马路，到右边去。但是，一旦置身于溃退的人流中，他就像失去定力一般，随波逐流，成为其中的一分子。滚滚人流席卷着他们穿过奇平·巴尼特，等他们奋力穿过马路，到了路对面时，已过镇中心差不多一英里远了。到处都是一片喧嚣、混乱，任何语言都无法描述这种场面。好在公路在镇里和镇外都不断分岔，这在某种程度上缓解了拥堵的压力。

　　他们向东挺进，穿过哈德利，看见马路两旁和另外稍远的地方都有许多人在小溪边喝水，有的人为了争先到达河边，还打了起来。继续前行，他们看见两列火车从东巴尼特附近的小山后一前一后地缓缓驶了出来，既没有打信号灯也没有发指令——火车上挤满了人，有的男子就挤在煤堆中，后面就是火车引擎——沿着北部铁路干线往北而去。我弟弟猜测，由于人们惊恐万分，一派混乱，导致中心车站无法运营，那伦敦城外必定塞满了火车。

　　一天中备受折磨，三人都累得散了架，要到东巴尼特时，他们停下马来不再赶路。此时他们才开始觉得饥肠辘辘，夜间天气清冷，却无人敢睡。许多人在夜色中沿着他们休息处附近的公路匆匆走过，朝我弟弟来的方向赶去，逃脱前方不可知的危险。

## 第十七章 "雷电之子"号

　　要是火星人只想杀人的话，他们有可能在星期一，当伦敦人缓缓地穿过周边县郡时，就将他们杀得干干净净。到处都是发疯般逃亡的人群，穿过巴尼特的公路上有人，穿过埃奇韦尔和沃尔汉姆大教堂的公路上有人，向东而行通往桑森德和肖伯里的路上有人，从泰晤士河以南到迪尔和布罗德斯蒂尔斯的路上也有人。在那个六月的早上，假如有人乘坐热气球升到炙热的蓝天上，从伦敦上空往下看，定会见到从纵横交错的街道分出的每一条北去和东去的马路上都是黑压压一片，挤满了逃难的人流，每一个小黑点就是一个饱受恐惧煎熬和心理压力折磨的痛苦生灵。在前一章我已详尽地讲述了穿过奇平·巴尼特的情形，这样你们就可以明白那些拥挤不堪的黑点对有关的人而言是什么样子。在世界史上，人类从未像这样大规模地迁移、共同受难。有着传奇色彩的哥特人和亚洲出现的最庞大的匈奴军队跟这次逃难相比，也只不过是那股洪流中的一滴水。并且这不是纪律严明的行军，这是一次溃退——规模庞大、人心惶惶——毫无秩序、漫无目标，六百万人一心只想往前冲，却手无寸铁，没有给养。这是人类文明溃败的开端，是对人类进行大屠杀的序曲。

坐在热气球上你可以看到纵横交错的街道网络、房屋、教堂、广场、新月地带、花园——已成为一片废墟——就像一幅巨型地图在你正下方铺展开来，宽阔无边，而往南的部分被抹黑了。在伊宁、里士满、温布尔登上方，仿佛有一支邪恶的笔把墨水泼在地图上。就像一股墨水在吸墨纸上逐渐浸透一样，每一股黑色的泼溅不断地扩展，变大，到处分支，一会儿在隆起的高地前堆积，一会儿又迅速越过山尖，冲向一座新发现的山谷。

前方，翻过耸立在泰晤士河以南的郁郁葱葱的群山，闪闪发光的火星人走来走去，镇定自若、有条不紊地向这片乡间、那片乡野喷洒他们那致命的毒雾，一旦达到目的，就又喷射气体去除毒雾，占领征服的乡野。他们看上去不是旨在灭绝人类，而是想彻底打击人类的士气，击溃任何反抗。只要碰到火药库他们就炸掉，看到电报线就割断，遇到铁路线就毁坏。他们使人类寸步难行。他们好像并不急于扩大行动范围，那么一整天都还没有突破伦敦中心地区。整个星期一早上，大量的伦敦市民可能仍然坚守在家中，毫无疑问，其中有许多人因为"黑烟"窒息而亡。

"伦敦之池"①上演了一幕幕惊心动魄的场景，一直持续到中午。人们愿意花大价钱搭乘一艘船逃离伦敦，受此诱惑，汽轮和其他各种各样的船只停靠在那里。据说还有许多人想直接游向船只，却被船钩从船上拖下来，掉到河里淹死了。下午一点左右，一层薄薄的黑雾飘荡在黑修士大桥的拱顶之间。顿时，泰晤士河边变得更加疯狂、混乱，船只争先恐后，撞在一起，塔楼大桥的北拱顶下方的河面，塞满了无数的小船和驳船，好一会儿都不能动弹。逃难的人从河边蜂拥而至，从桥墩上吃力地跳下来，爬到船上，水手们不得不像野人般地与他们干起架来。

一个小时后，火星人出现在钟楼那边，进入河中。顿时，莱姆豪斯河段除了一些残骸漂浮在上面，什么也没有了。

现在我得讲一讲第五只圆筒降落的情况了。第六颗陨星降落在温布尔登。那时，我弟弟正驻足观望，他看见远方的群山突然闪现绿色的光束，而两个女士则坐在他身旁的车厢中，马车就停靠在一片草地上。星期二时，他们一行三人仍然一心想渡过大海，穿过拥挤不堪的乡野，直奔科尔切斯特。火星人现

---

① "伦敦之池"，指泰晤士河。

在已占领伦敦的消息得到了确认。有人在海尔格伍德看见了他们，据说，甚至在内斯登也有人看到过他们。但是我弟弟第二天才看到火星人。

那天，四处逃难的人迫切需要给养。当人们饥肠辘辘时，不会再去考虑财产权之类的问题。农民不得不走出家门，手拿家伙保护他们的牛圈、粮仓和田地里成熟的庄稼。有许多人像我弟弟一样铁了心朝东而行，还有一些被饥饿逼得绝望的人又返回伦敦找吃的。他们主要是伦敦北部郊区的人，只道听途说地了解一点点"黑烟"的厉害。我弟弟听说差不多一半的政府官员集中在伯明翰，工厂正大量制造烈性炸药，用于在中部县郡埋设地雷。

他还听说，中部铁路公司已取代在第一天中由于惊慌而擅离职守的公司，恢复了运输，正从圣阿尔巴斯发出北行的列车，缓解伦敦周边县郡的堵塞状况。在奇平昂格尔还贴出告示，宣布北部城镇有大量的面粉储备，二十四小时内就会把面包分发到居民区内的饥民手中。但是这则消息并未打消我弟弟早就兴起的逃跑念头，他们三人昼夜兼程，向东急赶，除了承诺以外，他们再也没听说过发面包的事情了。而实际上，其他人也再没有听说过。那天晚上第七颗陨星落下来了，掉在樱草山上，被埃尔芬斯通小姐看见了，当时正轮到她放哨。她和我弟弟轮流放哨。

星期三时，三个人——他们在一块没有成熟的麦地里过了一夜——到达了切姆斯福。一个由当地居民成立的自称为"公共供应委员会"的成员把他们的小马驹牵走了，什么也没给他们，只是承诺第二天会分给他们一份马肉。这里的人都在传火星人已在埃宾现身，还有消息说，沃尔萨姆阿比炸药厂本想炸死一个侵略者，却没有成功。

人们站在教堂的钟楼上放哨，提防火星人的到来。尽管他们三人饿得肚子咕咕叫，我弟弟还是决定不等食物，立即动身前往海边。从以后发生的事来看，他真是幸运极了。到中午时，他们已过了蒂宁汉姆。真奇怪，那里一片死寂，空无一人，只有几个逃难的人在偷偷摸摸找吃的。没走多远，大海就跃入眼帘了，各式各样的船只密密麻麻地停泊在海边，场面壮观得惊人。

由于船只无法沿泰晤士河而上，便驶向埃塞克斯郡的海岸，到哈韦奇、沃尔顿和克拉克顿，然后再到丰勒斯和肖伯里来载人。它们躺在海面上，排成巨大的镰刀形，向纳日方向延伸，最后消失在一片水雾中。紧贴着海岸线停靠的是渔船——有英国的、苏格兰的、法国的、荷兰的，还有瑞士的，从泰晤士河驶出的蒸汽船、游艇、电动船，再过去是运载量大的轮船、脏兮兮的运煤船、整洁的商船、牲口船、客船、油轮、不定期越洋货轮，甚至还有一艘白色的老式货轮，以及从桑普敦和汉堡驶出的灰白色的漂亮的定期客轮。越过布莱克沃特河，我弟弟能隐隐看到无数船只沿着蓝色的海岸密密麻麻地挤成一片，船员们正和海滩上的人讨价还价，海滩上的人也密如蚁群，沿布莱克沃特河而上，快延伸到马尔顿了。

离海岸几英里处停着一艘铁甲船，只露出一小截在水面上，从我弟弟的角度看去，就像水已浸满了船舱。这就是撞角军舰"雷电之子"，是唯一可见的一艘战舰，但是右方远处风平浪静的海面上——由于那天大海死一般的平静——如蛇般盘旋的黑烟表明海峡舰队的其他战舰也在这里。在火星人征服人类期间，它们在泰晤士河入海口排成长长的一列，冒出滚滚蒸汽，来回游弋，随时待命。尽管保持高度警惕，却无力阻止火星人的铁蹄。

一看到大海，埃尔芬斯通太太就变得惊恐不安，尽管她小姑一再安慰也无济于事。她从没有走出过英国一步，宁可死也不愿投身于一个陌生的国度。这个可怜的女人好像觉得法国人和火星人一样可怕。两天的逃难行程让她变得更加歇斯底里，更加害怕，更加郁闷。她一心想着返回斯坦摩尔。在斯坦摩尔一切都称心如意，平平安安。他们在斯坦摩尔会找到乔治的。

我弟弟和她小姑费了好多工夫才将她弄下车，走到海滩上。我弟弟又是挥手又是喊叫，总算有一艘明轮船的船员注意到他们三人。他们派人坐着一艘小船来讲价钱，最后以三人一共三十六英镑成交。这些人说船要开到奥斯坦德。

下午两点左右，我弟弟在旋梯口付了三人的船费，安然无恙地登上了船。船上有食物卖，价格却贵得离谱，不过他们三人还是设法在前面的座位上吃了一顿饭。

船上已经有几十个乘客了。有些人为了求得一条逃生之路花光了身上所有的钱。但是船长不停地等人上船，一直等到下午五点，当有座位的甲板已人满为患时，他才下令开船，驶离布莱克沃特河。要不是那时从南边传来枪炮声，他可能还要再停靠一会儿。就像回应一样，海上那艘铁甲舰放了一响小炮，并升起一串旗帜，一股浓烟从烟囱升腾而上。

一些乘客认为枪炮声是从肖伯里勒斯传来的，不料炮声却越来越响。同时，远处东南方的三艘撞角军舰的桅杆和上部部件在漫天黑烟中从海面一个接一个地冒出来。但我弟弟的注意力很快又转移到南边远方的枪炮声处，他恍惚看见一道烟柱从远处灰蒙蒙的水雾中冒了出来。

小明轮船上路了，摇摇摆摆地向船只摆出的巨型新月阵形的东边驶去，低矮的埃塞克斯海岸渐渐变蓝，水雾茫茫。此时一个火星人出现了。他从福尔内斯岛方向沿着泥泞的海岸挺进，由于离得很远，只能看到朦胧的身影。站在船桥上的船长见此情形，立即扯起嗓门大声咒骂起来，对自己耽搁了行程又恼又怕，连叶轮也好像受到恐惧的感染，转得疯快。船上的人有的站在舷墙上，有的站在座位上，全都盯着远方那个比陆地上的树木或教堂塔楼都要高的身影，只见他模仿着人走路，悠闲地大步向前。

那是我弟弟见到的第一个火星人。看着这个巨人从从容容地跨入水中，一步步走向船只，海岸渐行渐远，我弟弟惊讶极了，竟没有感到一丝恐惧。随即，在克鲁齐河那边又走来一个火星人，大踏步跨过了一些发育不良的树木。接着又来了一个，远远地就看见它深一脚浅一脚地涉过一块泛着亮光的潮泥滩。那潮泥滩好像就半悬在海天之际。他们都冲着大海而来，高视阔步，好像是来拦截拥挤在福尔内斯岛和纳日河之间的船只，不让它们逃跑。尽管小明轮铆足了劲，马达突突突地发动，轮船驶过后，扬起如注的泡沫，它的速度还是慢得惊人，逃难的行程凶多吉少。

我弟弟往北面一看，只见巨大的新月船阵由于恐怖逼近，已经扭曲变形了。一艘船从另一艘的船尾通过，与另一艘从舷侧绕过来的船撞在一起，蒸汽船汽笛长鸣，冒出滚滚浓烟，船帆扬了起来，大汽轮横冲直撞。混乱的场景和左面潜伏的危机完全吸引了我弟弟，他根本顾不上看一眼大海那边的东西。突然，小明轮猛地一转，将他从站立的座位上一头甩下来，只听到四周响起呼叫声、脚步踩踏声，还有一阵随声回应的喝彩声。船又突然倾斜了一下，将他翻了过来。

我弟弟一跃而起，往右舷望去，离他们这艘左右摇晃、上下颠簸的小船不到一百码处，一个像铁犁头似的庞然大物正斩波劈浪，船侧扬起泡沫状的冲天巨浪，扑打到小明轮身上，把它的叶轮抛到空中，接着，又扑向甲板，船几乎快沉到吃水线了。

浪花扑打到我弟弟身上，弄得他好一会儿都睁不开眼睛。待他又能看清东西时，那个怪家伙已经开过去了，正朝着岸边冲去，露出水面的铁干舷硕大无比，伸出一对烟囱，轰轰轰地喷出一股股烟火。这就是鱼雷撞角军舰——"雷电之子"。它冒着滚滚蒸汽，一头向前冲，去拯救那些受到威胁的船只。

我弟弟紧紧抓住舷墙，好不容易在上下颠簸的甲板上站稳脚。他不看这头全速前进的海中怪兽了，又转去看火星人。他们三个紧挨在一起，离岸边很远，三脚支架快完全浸泡在水下了。从远处看，泡在水里的火星人还不如那个庞大的铁家伙令人生畏。跟在那个铁家伙后面的小明轮无助地在海面上颠簸而行。火星人好像搞不懂这个陌生的对手，也许正用诧异的眼光打量它。以他们对人类的了解程度，他们可能把那个庞大的铁家伙当作像自己一样的另一物种。"雷电之子"没有开火，只是全速向火星人冲去。也许正是因为它没有开火，才能离敌人那么近。由于搞不清它是什么东西，火星人不敢轻举妄动。其实只要它一开炮，火星人立马就会用"热射线"将它击沉到海底。

"雷电之子"快速前进，转眼就开到明轮船与火星人中间——随着埃塞克斯海岸线渐渐远去，那黑乎乎的庞然大物越变越小。

突然，为首的火星人降下黑管子，对准铁甲舰发射了一枚黑气霰弹。霰弹击中它的左舷一侧，一擦而过，喷出的墨黑气流向海面滚去，气势汹汹的黑烟没有扩散开，铁甲舰视线未受阻拦，从中穿了过去。明轮船的甲板深深地浸泡在水里，人们只有抬头观望，阳光射得他们睁不开眼，因此觉得铁甲舰已经冲到火星人中间去了。

他们看见三个瘦削的身影分散开来，向岸边撤退，身体逐渐从水面上露出来。其中一个端起了相机似的"热射线"发射器。他将管口朝下倾斜，一接触水面，堤状蒸汽就升腾而起。"热射线"定会击穿船侧的铁甲板，就像灼热的烙铁穿过纸张一样。

一道火花忽闪一下，从上升的蒸汽中穿过，腾到空中，随即就看见那个火星人站立不稳，打了几个趔趄。片刻后，他被击倒在水中，大片的水和蒸汽直冲云霄。穿过阵阵臭烟，"雷电之子"的枪炮声震耳欲聋，一枚紧接着一枚。一发炮弹在明轮船附近掀起巨浪后，飞向往北仓皇而逃的船只，将一艘单桅小帆船炸得稀烂。

但却没有人关注它。一见到火星人轰然倒下，站在船桥上的船长立即兴奋地狂吼起来，挤在船尾的乘客也都齐声欢呼。

不一会儿，他们又叫了起来。前方，一个又长又黑的东西从汹涌的白色浪涛中冲了出来，一股股火焰从中部冒出来，通风口和烟囱都在吐火。

"雷电之子"还活着，操作杆好像完好无损，引擎还在工作。它又径直冲向第二个火星人。开到离那个火星人不到一百码处时，"热射线"开始朝它射击。随着"砰"的一声巨响，一道炫目的亮光闪过，它的甲板，它的烟囱飞向了高空。船的剧烈爆炸震得火星人东倒西歪，熊熊燃烧的残骸在惯性的驱使下纷纷朝火星人飞扑过去，顿时将他压扁了，就像踩纸盒一样。我弟弟情不自禁地欢呼起来。热汽腾腾的蒸汽又把一切都遮挡住了。

"两个！"船长叫道。

每个人都在欢呼。从船头到船尾，整个明轮船上，狂热的欢呼声震天响。在驶向大海的密密麻麻的船只上，一个人叫了起来，另一个也跟着叫了起来，不一会儿，所有的船只都欢声雷动。

蒸汽在海面上久久不散，第三个火星人和海岸线笼罩在其中，都不见了踪影。此时，明轮船开足了马达，叶轮飞转，驶向大海深处，远离了战场。最后，蒸汽散了，堤状的黑气又漂荡在水面，既看不见"雷电之子"，也看不见火星人的一丝影子。先前驶向大海的那些铁甲舰现在离明轮船更近了，从它身边经过后，直奔海岸而去。

那艘小轮船继续奋力驶向大海，铁甲舰队缓缓地朝着海岸退去。海岸依然静静地掩隐在一片蒸气和黑气混合而成的水雾之中。它们以奇怪的方式在空中打着旋，交织在一起，使水雾呈现出大理石花纹。逃难的船队往北而行，星星点点地分散在海面，几艘单桅小帆船航行在铁甲舰队和那艘蒸汽船之间。过了一会儿，不等驶入下沉的云堆，舰队就掉头往北驶去，随即，又急转弯，驶向南边愈渐浓黑的暮色中。海岸越来越模糊，最后消失在落日四周低垂的云雾里。

突然，从落日四周金色的云雾处传来隆隆的炮声，一团黑色的影子正在移动。明轮船上的人都争先恐后地挤到栏杆处，眯着眼眺望西边的太阳，却什么也看不清。一大团烟雾斜斜地升了起来，挡住了太阳的脸。明轮船嗒嗒嗒地向前驶去，穿过漫漫悬念。

夕阳沉入灰色的云海，天际一片殷红，接着又暗了下来，星星羞羞怯怯地跃入眼帘。夜色朦胧，船长突然大叫起来，手指向远方。我弟弟极目望去，只见灰暗的云海里冒出一样东西，冲到空中——斜斜地，速度迅猛至极，片刻间就钻进了西边云海之上的一片晶亮里。那东西又平又宽又大，在空中划出一道巨大的弧线后，渐渐变小，缓缓地沉了下去，又消失在灰蒙蒙的神秘夜色中。当它掠过后，大地笼罩在黑暗之中。

第二部

火星人统治地球

## 第十八章　被火星人蹂躏

在第一部里，我曾一度绕开自己的奇遇不谈，花了许多篇幅来讲述我弟弟的经历。其实在最后两章里的事件发生时，我和牧师一直都潜伏在哈利福德的一幢空房子里。为了躲避致命的"黑烟"，我们只有逃到哈利福德。我会从那儿接着讲的。星期六晚上和星期天——那真是让人惊恐不安的日子——我们都躲在那儿，被"黑烟"切断了与外界的联系，犹如困在孤岛上。在那度日如年的两天里，除了在痛苦中等待，我们什么也不能做。

我一心惦记着妻子的安危，焦虑不已。我想身在勒热赫德的她碰到这么大的灾难，一定被吓得魂不守舍，已经把我当成死人来哀悼了。一想到我跟她天各一方，一想到我不在时她可能遭遇的一切，我就在屋里走来走去，呼天唤地。我知道表哥会临危不惧，但他又不是那种能迅速意识到危险并做出果断反应的人。现在需要的不是英勇，而是考虑周全。我唯一的安慰是，相信火星人正向伦敦逼近，远离他们住的地方。这种焦虑不安让人变得神经敏感，痛苦不堪。听到牧师永无休止的胡言乱语，我变得不耐烦了，心里直冒火。看到他一副顾影自怜的样子，我感到厌倦透顶。一番劝诫无效后，我不理他了，独自进入一间屋子——很显然是一间儿童学习室——里面堆着地球仪、各种模型和临摹本。他却跟着走了进来，为了独自品尝内心的痛苦，我只好爬到房顶一间盒式房间里，把自己锁了起来。

那天一整天和第二天上午，我们都被久久不散的"黑烟"包围着，绝望极了。星期天晚上，隔壁的房子里好像有些动静——窗户上烛光移动，现出一张脸的影子，接着听到砰的关门声。但我不知道这些人是谁，也不知道他们发生了什么事。第二天就没见到他们了。星期一早上，"黑烟"徐徐地向河边飘来，一点点地移动，离我们越来越近，最后沿着马路飘到我们藏身的房屋外面。

中午时分，一个火星人穿过田野，喷射出一股超热蒸汽，蒸汽一碰到房子的墙壁就咝咝作响，一接触窗户就将其击碎。当牧师从前屋仓皇逃出时，手被蒸汽灼伤了。最后，我们爬过浸满水的房间，又往外张望，只见北边的原野一片荒凉，就像刚遭受了一场黑色暴风雪。河那边，被烧得黑黢黢的草地上现出一道无法说清的红光，黑红交织成一片，惊得我们瞠目结舌。

好一会儿，我们都不明白这种变化会怎样影响我们的处境，只知道不用害怕致命的"黑烟"了。但随后我观察到我们也不再受困，可以逃跑了。一意识到逃跑之路敞开了，我就想立刻动身。可是牧师却萎靡不振，听不进一点道理。

"我们在这里很安全，"他不断地重复，"这里很安全。"

我下定决心要离开他——我早该这样做了！受过那个炮兵的教导，我变得明智多了，开始四处搜寻食物和水。我找到一些油膏和破布，把烫伤的地方包扎起来，还在一个卧室里翻到一顶帽子和一件法兰绒衬衣。牧师看清我要独自离开——真的想通了要一个人走——突然振作起来，要跟我走。整个下午一切都静悄悄的。大约在五点左右我们出发了，顺着烧黑的公路直奔桑柏里。

在桑柏里，一路上不时看见死尸横陈，姿势扭曲，有马尸也有人尸，还有翻倒在地的马车和行李，全都覆盖着厚厚的黑灰。那笼罩在上面的煤渣灰令我不禁想起书上描写的庞贝城毁灭的情景。我们走到汉普顿王宫，没遇到任何惊险的事，只是看见些奇怪陌生的东西。在汉普顿王宫，我们眼前一亮，总算看到了一块绿油油的草地，躲过了致命的"黑烟"。我们穿过布西公园，看见鹿在栗树下走来走去，远方有一群人正匆匆走向汉普顿王宫。这是我们见到的第一批人。随后，我们到了特威克汉姆。

公路对面，特威克汉姆和彼特斯汉姆那边的树林还在燃烧。特威克汉姆躲过了"热射线"和"黑烟"的袭击，安然无恙。那儿的人更多，却没有谁能告诉我们一些新的消息。他们大多跟我们一样，趁着暂时的风平浪静，挪了挪自己的藏身之所。我觉得，这里的许多房子里还藏着吓破胆的居民，他们太害怕了，连逃跑都不敢。沿路上也可以看到慌忙大溃退的迹象。我清楚地记得有三辆摔坏的自行车堆在一起，随后而来的马车将其碾烂，深深陷入马路，这个场面至今还栩栩如生地印在我的脑海里。八点半左右，我们穿过了没有遮拦的里士满大桥，当然是箭步如飞了，但我还是注意到下方河面上漂浮着一团团红色的东西，有些有好几英尺宽。我不知道那是什么东西——没有时间仔细观察——只有朝最坏的地方去想。萨里郡这边又是黑尘覆盖，死尸横陈——火车站路口附近躺了一大堆，但等到我们走在通往巴恩斯的路上时才看见火星人。

我们看见远方黑黢黢的地方有三个人从一条僻静的小街冲了下来，直奔河边，要不是这些人，那儿显得更冷清。山上，里士满小镇火光冲天，而小镇外却看不见一丝"黑烟"的踪迹。

当我们要走到科韦小镇时，突然跑来一大群人，接着，一台火星人战斗机器的上半部分赫然耸现在房顶上方，离我们不到一百码远。我们被突如其来的危险吓得不知所措，要是火星人低头看我们一眼的话，我们一定立刻就没命了。我们不敢再往前走了，只好走到路边去，躲到一个花园里的小木棚里。牧师蜷缩成一团，暗自垂泪，拒绝再走。

但我一门心思只想回到勒热赫德，不肯休息片刻。我不管牧师了，将他独自留在小木棚里，趁着苍茫的夜色，冒险走了出来。穿过一片灌木丛，沿着一幢大房子旁的小径，我又出现在通往科韦的公路上。牧师却又急急忙忙地跟来了。

第二次贸然出发是我做过的最愚蠢的事情。很显然，火星人就在我们附近。牧师追上我时，远远地，我们就看见科韦旅店方向的草坪上出现一台火星人战斗机器，可能是我们先前见过的那台，也可能是另一台。在它前方，四五个黑色的身影仓皇奔跑，穿过灰绿的田地。我们立刻明白过来，火星人在追赶这些人，三步就跨到了人群中间。他们从他脚边四处逃窜。他没有用"热射线"，而是一个一个地将他们抓起来，扔到背后突起的巨大金属容器里。那个金属容器就像工人肩上背的篮子。

此时，我才意识到火星人对打败的人类可能还另有企图，不只是简单地摧毁人类。我们站在那儿，呆若木鸡，好一会儿才想到要赶快躲开。穿过身后的大门，我们进入一个有围墙的花园，竟幸运地掉进一个水沟里。我们一动不动地躺在那儿，不敢哼一声，到星星出来时才敢耳语几句。

我估计，待我们鼓足勇气又出发时，应该快到晚上十一点了。我们不再冒冒失失地走马路，而是顺着树篱，悄悄潜行，穿过了种植园。牧师走右边，我走左边，两人都全神贯注地盯着无尽的黑暗，提防着火星人出现，要知道他们好像全都在我们附近。我们跌跌撞撞地闯进一片被烧得黑黢黢的田地，现在地面冷却了，到处是黑色的灰烬和无数具人和马的尸体。那些人尸的头部和躯干被烧得面目全非，恐怖至极，可双腿和脚上的靴子大都完好无损，在马尸后面大约五十英尺的地方，东倒西歪地立着四门大炮和被炸得稀烂的炮车。

希恩好像逃过了这场劫难，但整个地方都一片死寂，空无一人。我们在这里没有见到一具死尸，不过夜色太黑，看不清僻静的支路上的情况。我的同伴抱怨起来，说自己浑身乏力，口渴极了。于是，我们决定试着在房子里找点东西。

花了一些工夫，我们才打开第一幢房子的窗户。这是一幢半独立的小别墅。除了一些发霉的奶酪，我什么吃的也没找到，不过找到了水喝。我还拿了一把短柄斧头，心想闯进第二幢房子时可能用得着。

于是，我们穿过一个地方，在这里公路拐向莫特莱克。旁边，一幢白色的房子矗立在带院墙的花园里。在这户人家的食物储藏室里，我发现了好多吃的——煎锅里的两条面包、一块生牛排、半截火腿。我这么准确地列出这个食物清单是因为接下来的两个星期里我们注定要靠它们来维持生存。食物架下还放着瓶装的啤酒，两袋菜豆和一些蔫了的莴苣。储藏室通向一间可以洗涤的厨房，里面有柴火，还有一个橱柜，我们在里面找到一打勃艮第葡萄酒、汤罐头、鲑鱼罐头和两听饼干。

我们坐在黑漆漆的厨房里——不敢点灯—— 一边狼吞虎咽地吃着面包和火腿，一边同饮一瓶啤酒。原本惊魂未定、坐立不安的牧师，现在竟一反常态，一个劲地催我赶路。当我劝他多吃一些，保持体力时，大难临头了，我们被困了起来。

"不可能还是半夜。"我正说话时，突然闪过一道耀眼的绿光。厨房里的东西顿时显现出来，在绿黑的亮光下，清晰可见，一会儿又什么也看不见了。一阵我从来没有听见过的巨大震动接踵而来。随即，几乎是同时，我身后响起"砰"的一声，只见四周玻璃被砸得粉碎，哐当直响，砖墙崩裂，轰然倒下，天花板哗哗地落下来，砸在我们头顶，裂成无数碎片。我被击得飞过地板，一头撞在炉柄上，昏了过去。牧师说我好久都不省人事。等我醒过来时，只见一片漆黑，他正往我身上轻轻拍水，一张脸全打湿了，我后来才知道那是前额的一道口子流出的血。

我想不起究竟发生了什么事，过了一会儿，才慢慢回过神来。太阳穴上的紫血块表明了一切。

"你好点了吗？"牧师在我耳边低声问道。

我应了他一声后，坐了起来。

"不要动。"他说，"碗橱的陶器被砸成了碎片，满地都是。你一动就会发出声音。我猜他们就在外面。"

我们俩都坐着没有说话，静得连彼此的呼吸声都能听到。一切都显得如死般的沉寂，但有一次，我们身边有什么东西——好像是石膏或碎砖块——掉了下来，发出轰的一声。外面断断续续地传来金属敲响的声音，离我们很近。

"听！"叮当声很快又响起了，牧师赶紧说。

"嗯，"我说，"是什么？"

"一个火星人！"牧师说。

我又侧耳倾听。

"不像是'热射线'。"我说。我觉得应该是巨大的火星人战斗机器撞到房子上了，就像我见到其中一个撞到谢泼顿教堂上一样。

我们的处境太奇怪了，令人摸不着头脑，黎明来临时，我们才稍稍挪动了一下。我们身后的墙塌了，一根横梁压在一大堆碎砖之间，形成一个三角形的孔眼，晨光从那里渗透进来。我们第一次朦朦胧胧地看到厨房的内部。

一大团花园里的泥浆从窗户飞进屋里，落到我们坐的桌子上，流到我们脚边。外面，泥土紧挨着房子高高地堆起来。窗框顶上可以看到一根被拔起的排污管。地上撒满了破碎的瓷器，厨房面对正房的那头被击得粉碎。亮光照射进来，可以清楚地看到房子的大半部分已经塌了。与这堆废墟形成鲜明对比的是整洁的碗柜，刷着时髦的浅绿色油漆，下面放着许多铜器和锡器，仿蓝白条相间瓦纹状墙纸，多眼炉灶上方的墙上还飘动着几个五颜六色的装饰品。

天色渐亮，透过墙缝，可以看到一个火星人的身体，我猜他是在那只还在发光的圆筒上站岗放哨。见此情景，我们赶紧避开光亮，从厨房爬到漆黑一团的洗涤室。

我猛地醒悟过来，明白怎么回事了。

"是第五只圆筒，"我悄声说道，"从火星上发射出的第五只圆筒砸在这幢房子上，把我们埋在废墟里了！"

牧师沉默了好一会儿才低声说："上帝发慈悲了！"

他马上又自言自语地发起牢骚。

除了他的话，没有别的声音，我们俩都静静地躺在洗涤室里。我连大气也不敢出，双眼紧盯着厨房门口的一点微弱亮光。我只能看到牧师的脸，朦朦胧胧的，呈椭圆形，还有衣领和袖口。外面又响起当当当的金属锤击声，接着是一声刺耳的汽笛声，又平静了下来，片刻后又响起了咝咝的声音，就像引擎发动的咝咝声。这些噪声大多令人困惑不解，断断续续的，好像随着时间的推移在逐渐变大。随着"砰"的一声巨响，震动来了，我们四周的东西全都在颤抖，储藏室里的铜器和锡器被震得东倒西歪，叮当作响。晨光被东西挡住时，幽幽的厨房门口就变得一团漆黑。我们蜷缩在那里，不敢说话，浑身直打哆嗦，一定是在过了好多个小时，没有一丝精神后，我们才不知不觉地睡着了。

我一觉醒来，只觉得肚子饿极了。我相信我们一定睡了大半天。肚子咕咕直叫，难受至极，逼得我采取行动。我跟牧师说要去找食物后，就摸黑朝储藏室爬去。他没有回答我，但我刚一吃东西，发出的轻微声响竟把他惊醒了，只听见他窸窣地爬了过来。

## 第十九章　火星人大揭秘

吃完东西后，我们爬回洗涤室，我准是又打过盹，等我醒来时，牧师不见了。砰砰的震动声还响个不停，搅得人心烦意乱。我低声喊了几次牧师，他没有答应，我只好摸黑走到厨房门边。他躺在房间对面，背靠着可以看见火星人的三角形孔洞。他耸着肩膀，头被挡住了，无法看到。

各种噪声混杂在一起，犹如电机房里的大合唱，整个地方都被砰砰的敲击震得摇摇晃晃。透过墙上的孔洞，可以看到一棵大树的枝叶舒展在宁静的午后天空下，金色的暖云轻轻地触摸着树梢。我观察了一会儿牧师才弓着腰，在满地的瓷器碎片中小心翼翼地往前挪。

我摸到了牧师的腿，不料竟吓得他大跳起来，震得一大块石膏向外面滑落下去，重重地摔在地上。我紧抓住他的胳膊，生怕他叫出声来。我们俩立刻蹲下来，不敢动弹。过了好一会儿，我才转身去看我们的这道防御墙还剩下多少。滑落的石膏在废墟中撕开一道垂直的口子，我小心翼翼地跨过一根横梁，从这条长缝往外瞧，想看看那条曾经清静的郊区道路在一夜之间变成什么样子。变化之大，真是触目惊心。

第五只圆筒一定正好落在我们闯入过的第一幢住房的正中间。房子消失得无影无踪，所有的东西都被砸烂，压成粉末，随风四处飘散。原来的地基被砸出一个深深陷下去的巨坑——比我在沃金看到的那个沙坑还要大得多——此时圆筒就躺在那儿。在巨大的冲击力下，四周泥土飞溅——"飞溅"是唯一能准确描写这个场景的词——聚集成高高的泥堆，挡住了紧挨着的房屋，就像用榔头猛烈地把稀泥敲打成那番模样。我们的房子往后塌陷下去，露出地面的前面部分全都被摧毁了。机缘凑巧，厨房和洗涤室逃过了劫难，还好好地矗立着，只是被泥土和废墟埋了起来，除了对着火星人的那面，四周都堆着数吨的泥土。我们困在火星人忙着挖掘的大圆坑的边缘，高高地悬在上方。身后响起重重的锤击声，一股股明亮的绿烟不时地冒出来，就像一层薄纱挡住我们的窥视孔洞。

巨坑中央的圆筒打开了。夜空下，一台火星人战斗机器直挺挺地耸立在巨坑的另一边缘处，四周是被砸得稀烂、堆满泥石的灌木丛，它的主人已弃它而去。一开始我几乎没有注意到巨坑和圆筒，只是为了方便才先描述它们的样子。其实我先看见那闪闪发光、忙着挖掘泥土的机械装置，还有旁边那些痛苦而缓慢地爬过泥堆的怪物。

肯定是那台机械装置最先吸引了我的注意。那是构造最复杂的装置，从那以后人们就叫它操纵机器，对它的研究让人类获得了无数的灵感，推动了地球上的发明创造。我第一眼看到它时，就觉得它像一种金属蜘蛛，长着五条有关节的灵活的腿，躯体四周有无数带关节的杆、棒，以及能够伸出去抓东西的触角。它的大多数胳膊是缩回的，但是三根长触角上还吊着许多棍棒和圆盘，很显然是用来排在盖子里并加固圆筒的四壁。当它把胳膊伸出去时，这些东西被吊出来，放到后面的一块平地上。

它的动作那么敏捷、复杂、完美，尽管它发出金属的光泽，我却觉得它并不是一台机器。战斗机器的协调性和灵活性如此之高，没有什么可与之比拟。没有见过这些结构的人，倘若只依赖画家糟糕的想象力或者像我这样的目击者不准确的描述，肯定不能明白那种有生命似的灵活性。

后来出了一些连续报道战争的小册子，我特别记得其中一本里的插图。很明显，画家只是草草研究了一下战斗机器，就开始动笔了。他把它们画成倾斜僵硬的三脚架，既没有伸缩性也没有精微准确性，整个让人误以为这些机器就是呆板单调的。配有这种插图的小册子相当流行，我提到它们只是想警告读者不要被这种错误印象误导了。它们一点也不像我所见的正在行动的火星人，就如同有关节的木娃娃不是真人。我个人认为，那些小册子没有插图反倒好些。

我一开始就说过这个操纵机器并未让我觉得它是一台机器，而是一个有着闪闪发光硬壳的螃蟹似的动物。操纵它的机器人类似于螃蟹的中枢部分，用自己灵活的触手让它行动起来。接着，我注意到远处有一些动物在爬行，操纵机器那灰褐色、闪光、皮革般的外壳跟他们像极了。我恍然大悟，明白了这个灵巧工人的真正本性。随即我的兴趣转移到那些真正的动物即火星人身上。我早就看见过他们的样子，虽然只是匆匆地看了一下，我还是感到非常恶心，可这倒没有阻止我继续观察。况且，这一次我藏得好好的，纹丝不动，又无须急于行动。

看清了，他们是可以想象出的物种中最不可思议的。他们的身躯——或许该是头部——又粗又圆，直径大约四英尺，前方长着一张脸，脸上没有鼻孔——实际上，火星人看上去不具备嗅觉，但有一双硕大的深色眼睛，眼睛下是多肉的喙状嘴唇。在头或身躯的后部——我真不知道该怎样称呼它——只有一块紧绷绷的鼓膜表面——据以后的解剖才知道是一只耳朵，但在密度大的地球空气里，这只耳朵几乎没有用。嘴四周有十六根细长的皮鞭状触角，分成两组，每组八根。后来，著名的解剖学家豪斯教授把它们叫作"手"，名称十分贴切。我第一次见到这些火星人时，他们好像就是靠这些手的支撑，想尽办法要站起来，当然了，由于地球重力的缘故，他们承受的重力较之火星上变大了，站起来就不大可能了。有理由推测，在火星上他们已经借助某种设施来前行。

解剖表明，火星人的内部结构一样很简单。较大的部分是大脑，负责将大量神经传递到眼睛、耳朵和有知觉的触角。除此之外就是与嘴、心脏和心室相连的肥大的肺部器官。由于地球上大气密度比火星的高，再加上重力也大，他们的肺部不堪负荷，一看外部皮肤抽搐扭曲的样子就知道他们有多痛苦。

以上就是火星人的全部器官了。对人类而言，这可能显得很奇怪，因为在人体结构中占据很大一部分的消化系统居然在火星人体内荡然无存。他们有头部——只有头部，没有一根肠子。他们不吃食物，更不用消化食物，而是吸其他动物的鲜血，"注入"自己的血管。我亲眼见他们这样做过，在适当的时候我会提到的。我可能显得有些胆小害怕，竟不想描写这惨不忍睹的血腥场面，更不敢继续观看，说一下就够了。用一根小吸管从一个活生生的动物——大多数情形下是人——身上抽出鲜血直接注入吸收管道里。

仅仅这一点描述都会让人觉得恶心、恐怖，但同时我又想，我们不应忘记人类也有吃其他动物肉的习惯。对一只有智慧的兔子来说，这不也恶心、恐怖吗？

　　想想人类在进食和消化上浪费了多少时间和精力，这种注射血液的生理优势真的是不可否认。我们身体的一半由腺体、管道和器官构成，专门将不同种类的食物转化成血液。消化过程及其对神经系统的作用消耗着我们的体力，影响我们的情绪。要是人的肝脏或胃腺健康无恙，他们就心情愉快，反之则痛苦难过。但火星人却全无由这些器官引起的情绪和情感上的波动。

　　毋庸置疑，他们更喜欢吸人血来补充营养。他们从火星上带来当作给养的动物遗骸可以部分说明这种偏好。从流落到人类手中那些干瘪瘪的尸体来判断，它们长有两只脚，骨架是硅质的，易碎（就像硅质海绵的骨架)，肌肉系统没有力量，身高约六英尺，头部圆而挺，硕大的眼睛嵌在坚硬的孔穴里。好像每只圆筒里都装有两三只这样的动物，在抵达地球前，火星人就把它们全都杀了。这对它们也好，因为在地球上尝试站直身子会折断它们身上的每块骨头。

　　在我着重描写火星人时，我还可以在此处再增加一些细节。这些细节在当时不清楚，却能使不熟悉他们的读者更好地勾画出他们凶残的样子。

　　在另外三个方面，他们的生理也与我们不一样，十分奇特。首先，他们的机体不需要休息，就像人的心脏。由于没有大量肌肉组织需要再生，也就没有周期性的消亡。他们好像不知疲倦。在地球上他们每动一下都十分吃力，可他们直到最后一刻都还在行动。一天二十四小时，他们就做二十四小时的工作。地球上可能只有蚂蚁跟他们一样。

其次，火星人绝对没有性别之分，因而不会像人一样由于性别差异导致强烈的情欲纷扰。现在已没有任何异议，一个小火星人在战争期间出生在地球上。人们看见它附着在母体上，一部分已分蘖，就像幼百合球茎或淡水珊瑚从母体分蘖一样。

在地球上所有的高等动物中，这样的无性繁殖方式已不存在了；不过即使在地球上有，也肯定是最原始的方式。在低等级动物，甚至在脊椎动物的近亲被囊动物中，两种方式都可以繁殖出后代，但最终有性繁殖代替了无性繁殖。然而，火星上的情况却恰恰相反。

值得一提的是，一个享有准科学家名誉的思辨作家在火星人入侵前不久曾撰文预言人类发展到最后阶段时，生理结构会变得跟当前的火星人相似。我还记得那篇预言性文章刊登在早已停办的刊物《蓓尔美购物街预算》的一八九三年十一月刊或十二月刊上，也还记得火星人入侵前《笨拙周报》上有针对此事的漫画。文章写得诙谐幽默，作家指出——随着机械设备的完善，它最终将取代人的四肢；化学设备的完善将使其代替人的消化器官；诸如头发、牙齿、耳朵和下巴等器官不再是人体必不可少的部分；在以后的世纪里，自然选择的趋势将是人体器官的不断萎缩。只有大脑是最基本的必需器官。另一个器官也很有可能保留下来，那就是手——"大脑的老师和代理人"，而其余的部分则退化、萎缩，手却越来越大。

该预言尽管写得很诙谐，却句句在理。在火星人身上，大脑的发展就抑制了动物性器官，这活生生的事实让人无可争议。我就相信火星人可能是由像人一样的物种进化来的，大脑和手（手最后变成两组灵巧的触角）的发达是以牺牲身体的其余部分为代价的。没有了躯体，大脑无疑成为纯粹的智慧载体，也就没有了人的七情六欲。

火星人的系统与我们大相径庭，最显著的一点就是火星上要不从没有出现过微生物，要不早在多年前就被他们的卫生防疫技术给彻底灭绝了。也许有人会觉得微生物无关紧要，但正是它给地球带来无数疾病和痛苦，而诸如热病、传染病、肺结核、肿瘤等上百种疾病从未进入过火星人的生命体系。既然谈到火星生命和地球生命的不同，我可以在此处提一下那些红草来表明火星人的奇异之处。

很显然，在火星的植物王国中，鲜艳的红色而不是绿色占有统治地位。反正，火星人（有意或无意中）带到地球上的植物种子无一例外地全都长成红色。然而，却只有广为人知的红草在与地球植物的竞争中取得了一席之地。这种红色的匍匐植物只在地球上生存了很短的时间，很少有人见到它们生长的情况。然而，有一段时间，它们却呈现出惊人的生命力，长得生机勃勃，枝繁叶茂。我们被困起来的第三天或第四天时，它们就爬满了巨坑的四周，仙人掌似的枝干掠过我们三角形窥视孔的边缘，就像镶上了胭脂红的流苏。后来我发现它们爬满了整个乡野，尤其是只要有溪流的地方就一定能见到它们。

火星人长有一个看起来像听力器官的圆形鼓膜状东西，就在既是头又是躯干的背面，一双视线范围跟我们没有多大区别的眼睛，不过，据菲利普说，在他们眼里，蓝色和紫色都跟黑色一样。人们普遍认为他们通过声音和触角打手势进行交流。例如，我先前提到的那本写得颇有力度却草草编成的小册子就持这样的观点。目前，这本小册子（作者显然没有亲眼看见火星人行动）已经成了了解火星人的主要信息来源。现在，幸存下来的人中，没有哪一个像我一样见到过那么多次火星人怎么行动。我并非认为自己很了不起，而是实话实说。我一次又一次地近距离观察过他们，也见到过四五个火星人（有一次有六个）一起做最精密复杂的操作，他们既没有发出声音也没有打手势。吃东西前他们会一成不变地发出怪叫声，那叫声没有声调的抑扬，因此我认为它根本不是信号，只是呼出空气，准备吸血。我相信自己至少了解基本的心理学知识——正如我对任何事都深信不疑，在这件事上我也坚信——火星人交流思想无须借助任何生理媒介。尽管以前对传心术有着很深的成见，我现在却认为思想可以无须媒介直接交流。也许某个读者还记得我在火星人入侵之前写过一些文章猛烈地抨击过通灵理论。

火星人没有穿衣服。他们对穿着打扮的看法肯定和我们截然不同，不仅是由于他们对温度的变化不如我们敏感，还由于气压的变化好像不会严重影响他们的身体健康。尽管他们不穿衣服，却制造一些设备附加在身体上，这正是他们身体的最大优势所在。我们人类虽然制造出了自行车、滑板车、利林塔尔飞行器、枪炮、拐杖等东西，却还处于火星人已经历过的进化过程的原始阶段。他们实际上是根据需要来更换不同躯体的大脑，换躯体就像人为了赶路骑车，怕淋雨打伞一样。在火星人的设备中，最令人迷惑的是根本找不到"轮子"——而人类的机械设备中几乎随处可见它的身影，在他们带到地球来的一切设备中，找不到一丝痕迹表明他们使用轮子。有人可能至少期望他们在运动时会用上它。说到这儿，让人觉得奇怪的是，即使在地球上，自然界出现轮子也并非必然，或者较之轮子的发展，自然界更偏爱其他机械。也许是火星人不知道轮子（这点难以置信)，也许是他们有意不使用轮子，总之，在他们身上以及他们的设备上几乎没有使用固定的枢轴，或相对固定的枢轴，使圆周运动局限于一个平面上。机械设备的所有接头几乎都是由复杂的滑动组件构成。滑动组件在小巧而弧线优美的摩擦轴承上移动。在这个细节上，尤其值得称道的是在大多数情形下，机械设备的长杠杆是由装在有弹性的护套里的类似肌肉结构的圆盘来驱动的。当电流流过圆盘时，它会形成正负两极，这样圆盘就被拉得相互贴近，紧紧地连在一起。这样一来，火星人就跟动物一样能平行运动了。目睹他们的运动，人类无不感到触目惊心，困惑不解。我第一次透过墙缝看到的那个正打开圆筒，长得像螃蟹的操纵机器身上就有很多这样的准肌肉。跟远处那些经过漫长的太空旅行后虚弱地挪动着身体的火星人相比，这台机器反而显得更有活力。那些火星人只是躺在夕阳下，喘着粗气，徒劳地扭动着触角。

当我正全神贯注地观望火星人在阳光下缓慢地爬行，注意着他们体形的每一个奇特之处时，牧师猛地拉了拉我的胳膊，我这才想起他就在我旁边。我扭头一看，只见他一脸怒容，双唇紧闭。原来，他也想透过那个缝看一看，而它却只够一人看，因此我只得暂且不看，让他也享受一下特权。

轮到我看时，那个忙碌不已的操纵机器已经将从圆筒里拿出的几个部件安装在一起了，新机器简直跟它一模一样。左下方，一台小型挖掘机跃入我的视野，它喷出一股股绿色水汽，在巨坑周围忙个不停，井井有条地挖掘、筑堤。那有规律的敲击声，那将我们的避难废墟弄得不停颤抖的震动都是这台挖掘机发出的。它工作时一会儿长啸，一会儿尖叫。就我所见，火星人根本没有指挥它工作。

## 第二十章 被困的日子

第二台火星人战斗机器一到达，我们就立刻从窥视洞口撤回洗涤室，生怕火星人从它所在的高处看到我们藏在障碍物后面。后来，我们开始不觉得在火星人眼皮下活动有多危险了，因为外面阳光耀眼，晃得火星人睁不开眼，我们的避难场所看起来一定漆黑一团。但一开始即使是最轻微的响动，也吓得我俩心惊肉跳，赶紧跑回洗涤室。尽管可能会招致灭顶之灾，我和牧师都无法抵挡窥探的吸引力。现在回想起来真是不可思议。尽管那时我们身陷绝境，备受饥饿和比饥饿更恐怖的死亡的威胁、折磨，可竟为了满足窥探外面恐怖场景的欲望，争得头破血流。我们争着爬过厨房，既渴望看外面，又害怕弄出声音，那样子真的是滑稽可笑。差几英寸就要暴露自己了，可我们还是又是撞又是踢，扭打成一团。

其实，我们两人的性情和思维、行动习惯完全水火不容。处在与世隔绝的危险环境中时，这种不容性更加凸显出来。早在哈利福德时，我就有点讨厌他可怜兮兮的大呼小叫，还有他那僵化呆笨的思想。每一次我努力想静下心来设想下一步行动方案时，他那无休止的自言自语就使得一切努力都化为泡影，我顿生怨气，变得更加讨厌他，觉得要被他逼疯了。他就像一个愚蠢的怨妇，从不克制自己的情绪，一哭就是几个小时。我真的认为，这个在生活中被宠坏的孩子一直到最后都还天真地以为他那懦弱的泪水在某些方面是有用的。在黑暗里他不停地纠缠我，让我无法不去想他。他吃得比我多，就算我跟他说我们要逃生的唯一机会就是待在这幢房子里，直到火星人把巨坑处理好，在那个漫长耐心等待的过程中，我们肯定需要吃东西，他还是充耳不闻，我的解释白费了。尽管隔了好长时间，他才吃东西，可一吃就要吃很多，又很少睡觉。

随着日子一天天过去，他不计后果的吃喝使我们的处境更加窘迫、危险，我只好不断威胁他——尽管我十分憎恶这样做——到最后，只有动用拳头。有一段时间还真的让他变得听话了。但他是那种懦弱的小人，没有自尊心，胆小如鼠，缺乏活力，惯耍花招，令人生厌，既不敬畏上帝也不敬畏他人，更不用说自己。

回忆并写下这些事情真的令人不快，可如不这样，我的故事就会残缺不全。那些没有经历过生活的阴暗面和恐怖面的人会觉得我凶残，也会很容易就指责我勃然大怒导致悲剧上演。因为他们知道是非对错，却不了解什么东西可能会摧残人。但那些曾经生活在阴影中，最后沦落到追求基本的生存需求的人会给予我更多的包容和仁慈。

房子里，我们在黑暗中压低嗓门唇枪舌剑，争抢食物和饮料，扭打成一团，房子外，一派奇异景象，可怕的六月骄阳无情地炙烤着大地，火星人照旧在沙坑里折腾。让我返回去讲最初的新经历吧。过了好久，我又冒险从窥探孔观望，发现火星人的人数增多了，来增援的火星人驾驶的战斗机器不少于三台。圆筒四周整整齐齐地陈列着战斗机器带来的新设备。第二个操纵机器已经安装完毕，正忙着帮助一个新设备开展工作。这个新设备的躯壳整个看上去就像一个牛奶罐，上方有一个不断摆动的梨形容器，一股白色的粉末从里面流出，注入下面一个圆盆里。

震动是由操纵机器的一只触角传递的。操纵机器用两只刮刀似的手挖出大团的黏土，然后将它们抛入梨形容器，同时另一只手定时开启一道门，从机器的中部掏出锈迹斑斑的黑炉渣。另一只钢铁触手将注入圆盆的粉末沿着一根有螺纹的沟导引到某个容器里，不过微蓝的泥土堆挡住了那个容器。一小缕绿烟从这个看不见的容器冒出，直直地升到宁静的天空。当我观望时，那个操纵机器发出一阵轻微悦耳的叮当声，接着，一只触手从刚才还只是一块钝的突出物的地方伸了出来，像望远镜被拉开一样，一直伸到末端被泥堆遮住。眨眼间，那只触手就举起一块发出耀眼的光芒的白色铝锭，然后将其放在巨坑侧面，那儿码着一块块铝锭，越积越多。在日落后星星出来之前的这段时间里，那台灵巧的机器一定用黏土原料炼出了一百多块铝锭，微蓝的灰堆不断增高，一直到超过巨坑侧壁。

这些机器设备动作敏捷、复杂，而它们的主人则动作迟缓笨拙，了无生气，喘息不止，这形成了鲜明的对比，以致很多天来我都不断地想，那两台机器就是两个有生命的东西。

当第一批人被带到巨坑时，牧师正占着窥探孔观望，我则坐在孔下方，蹲着身子，全神贯注地听着。他猛地往后一退，我以为火星人发现了我们，吓得缩成一团。他滑下垃圾堆，摸黑爬到我身边，口齿不清地嘟囔着，一个劲地打手势，我也变得惊恐不安起来。他的手势好像是说要让出窥探孔。过了一小会儿，待好奇心战胜恐惧感时，我鼓起勇气站了起来，从他身上跨过，费力地爬到孔洞边。起先我看不出什么东西令他如此疯癫。暮色降临，点点星星泛着微光，炼铝处发出摇曳的绿火，照亮了巨坑。整个场面是绿光忽闪，锈迹斑斑的黑影四处移动，光怪陆离。蝙蝠到处乱窜，根本不管发生了什么。笨拙爬行的火星人不见了踪影，蓝绿色的粉末堆越来越高，把他们挡住了。一台战斗机器的腿收缩了起来，弯成一团，看上去小了很多，横立在巨坑的一角。在机器不断发出的叮当声中，传来人呼叫的声音，飘忽不定，我一开始并未注意到。

我蹲着身子，目不转睛地盯着这台战斗机器，看见帽罩里真的有一个火星人，竟感到有些心满意足。当绿色的火焰升腾起来时，我可以看到他泛着油光的皮肤和双眼的光芒。突然，我听到一声喊叫，只见一根长长的触角掠过机器的肩部，伸到它背上隆起的小笼子里。接着，一个东西——一个东西在拼命挣扎——星光下，一个模糊不清的黑东西被高高地举到空中，随即又被放了下来，借着绿光，我看清楚了，竟是一个人，一个身体结实、面色红润、衣着华贵的中年男子；三天前，他在这个世界上一定还趾高气扬，是一个举足轻重的人物。我可以看见他瞪大的双眼以及挂表链和衬衫纽饰发出的微光。他消失在灰堆后，好长一会儿，都是一片死寂。接着传来一声尖叫，继而是火星人兴高采烈的长啸声。

我滑下垃圾堆，挣扎着站了起来，双手捂住耳朵，冲进了洗涤室。一直缩在旁边的牧师吓得双手抱头，一声不吭，抬头见我从他身边跑过时，立刻放声大叫起来，生怕我将他一个人扔下，也跑着追了过来。

那夜，我们就躲藏在洗涤室里，在窥探孔带给我们的恐惧和迷恋中挣扎、寻求平衡。尽管我迫切地想采取行动，却想不出任何逃跑计划；不过到第二天时，我能更清晰地考虑我们的处境了。此时我已不能和牧师讨论任何事情了，刚目睹的暴行残忍之至，吓得他连仅有的一点理智和预见力都荡然无存。实际上，他现在已和动物差不多了。然而，如谚语所说，我自己掌控自己的命运。一旦我仔细分析实际情况，我就发现尽管我们的处境十分可怕，但是却没有理由变得完全绝望。我们逃生的主要机会在于他们可能只是把巨坑当作暂时营地。或者，就算他们要一直待在那里，他们也许会认为没必要守卫巨坑，这样我们就可以找到逃跑机会。我也仔细权衡过挖一条地道通往远离巨坑的地方，但暴露在站岗战斗机器的视野内的可能性太大了，并且还只有我一个人挖，牧师只会让一切泡汤。

要是我没记错的话，我们是在第三天看到那个少年被杀的。只有这一次我真正目睹了火星人怎样进食。看了那可怕的场面后，我每天大部分时间都不敢去洞口张望。走进洗涤室后我把门板拿开，用斧头一连在地下挖了几个小时，尽可能地不弄出声音来；但等我挖了有几英尺深时，洞四周的松软泥土轰然塌了下来，我不敢再继续了。我失去了信心，一下瘫在地上，躺了好长一段时间，连动一下的精神都没了。自此以后，我彻底断了挖地道逃跑的念头。

火星人给我留下太多恐怖痛苦的印象了，就算人类努力奋战将他们击败了，对于我们是否能逃出魔爪，我一开始就几乎或根本不抱希望。但在第四天晚上，或许是第五天晚上，我听到一阵像重炮的声响。

夜很深了，明月高悬。火星人拿走了挖掘机，除了一台战斗机器站在巨坑远处的大堤上，和巨坑一角的一台操纵机器，整个地方被他们遗弃了。不过从窥探孔看不到操纵机器的影子，只可以见到它发出的微弱光亮。月亮在巨坑周围撒下斑驳的月光，巨坑里一片漆黑，四周一片寂静，只有机器人弄出的叮当声。夜色温柔宁静，除了一颗星星，月亮好像独享夜空。我听见一声狗叫，正是那令人熟悉的声音使我侧耳聆听。接着，一阵像巨型大炮的轰鸣声传了过来，声音清晰可辨。我数了一下，一共有六声响，隔了好长一会儿，又传来六响。接着，又没动静了。

## 第二十一章　牧师之死

　　就在被困的第六天，我最后一次透过窥探孔张望，随即发现只有我一人在孔洞边。原本挤在我旁边，想赶我走的牧师不在了。我突然反应过来，迅速悄然返回洗涤室，黑暗里，传来牧师喝东西发出的声音。我摸黑一把抓去，夺到一瓶葡萄酒。

　　他和我打了起来。哐当一声，酒瓶掉在地上摔碎了，我连忙住手，站了起来。我俩站在那里，直喘粗气，嘴里嚷着威胁对方的狠话。最后，我站在他和食物中间，警告他必须严格遵守进餐纪律，随后我把储藏室里剩下的食物按天分配，每份吃一天，总共能维持十天，那天他不准再吃任何东西。下午当我在打盹时，他又想偷偷拿东西，但一动我就醒了。我只好整日整夜都跟他面对面地坐在一起，感到困倦乏力，却不肯退步，他则又哭又闹，抱怨快饿死了。我知道，这样的情形只持续了一天一夜，可我却觉得——现在也觉得——漫漫无期。

我们性格上的水火不容越来越突出，最终演变成公开的冲突。两天来，我们都在低声争吵，扭打不停。有几次，我发疯般地对他又打又踢，又有几次我对他又哄又劝，还有一次为了拿到可以抽水的水泵，我还动用了最后一瓶葡萄酒来贿赂他。但他软硬都不吃，真的是不可理喻。我的一切举动都不能阻止他为了食物跟我打架，也不能阻止他在那里大声地叽叽咕咕。就连为了让受困稍微好过些，我们所应有的最基本的谨慎原则他都不愿遵守。我慢慢地明白他已完全丧失理智，在这个狭窄而令人心烦的黑暗空间里，我唯一的伴侣竟是一个疯子。

我依稀记得，有时我也精神恍惚。只要我一睡就会做奇怪而可怕的梦。尽管听起来自相矛盾，我还是认为正是牧师的懦弱和疯癫让我提高警惕，打起精神，努力不成为一个精神失常的人。

第八天，他不再小声嘀咕，开始大声说话，我做什么都不能让他小声一点。

"这是正义的，哦，上帝！"他会一遍又一遍地说，"这是正义的。让惩罚降临到我和我的教民头上吧。我们都是有罪之人，让上帝失望了。到处都是贫穷、痛苦；穷人像尘土一样被践踏，而我却缄口不言。布道时我全讲些令人满意的蠢话——我的上帝，多愚蠢啊！——就算死了，我也应该挺身而起，号召人们忏悔——忏悔！穷人的压迫者！上帝的榨汁机！"

然后，他会把话题突然转到我不让他吃东西上来，又是祈祷，又是乞求，又是哭闹，最后干脆威胁起来。他开始提高声音——我立刻求他别那样。他瞅准了我的软肋——威胁说他要大叫，把火星人引过来。我一时被吓住了，但转念一想，任何让步都会让我们逃生的机会变得更渺茫。尽管拿不准他会不会大叫，我还是赌他不敢。不管怎样，那天他没有。在第八天和第九天的大部分时间里，他逐步提高声音——威胁我、恳求我，还半疯半真地一个劲忏悔自己没有全心全意、真诚踏实地侍奉上帝，说得我也有点同情他。小睡一会儿，恢复精神后，他又开始大声吼叫，我得让他停下来了。

"安静点！"我恳求地说。

原本他一直坐在铜器旁，此时竟一下站了起来。

"我已经憋得太久了，"他说道，声音大得一定传到巨坑那儿了，"现在我必须作证，让不幸降临到这座不忠的城市之上！不幸！不幸！不幸！不幸！吹响号角吧，让不幸降临到地球上的所有居民——"

"闭嘴，"我站了起来，说道，真担心火星人听到我们说话，"看在上帝的分上——"

"不！"他声嘶力竭地回了我一句，伸开胳膊，大叫道，

"我要说！说出上帝的话！"

他三大步就跑到了通往厨房的门。"我必须作证！我要走！已经耽搁得太久了。"

我伸出手，摸到了挂在墙上的剁肉刀。眨眼间就追了过去，恐惧让我变得凶神恶煞。他要跑过厨房时，我就追上了他。最后的一丝人性让我翻转刀口，用刀柄朝他砍去。他一头向前栽去，四仰八叉地躺在地上。我跌跌撞撞地从他身上跨过，站着直喘粗气。他躺着不动了。

突然，我听到外面一阵声响，是石膏滑落打碎的声音，接着墙上的三角形窥探孔变黑了。我抬头一看，只见操纵机器较矮的一层正缓缓地从洞口走过。一只脚在废墟中弯曲起来，另一只则从倒塌的横梁上摸索跨了过去。我站在那儿，呆若木鸡，不敢动弹。透过躯体边缘附近的一块玻璃板，我看到了火星人的脸（如我们所叫的）和硕大的、正在张望的黑眼，接着，一个长长的蛇状金属触角慢慢地从洞口伸了进来。

我用力转过身，跌跌撞撞地从牧师身上跨过，停在洗涤室的门口。触角此时已伸进屋里两三码了，四处扭动、翻腾，动作迅猛、古怪。我被他那缓慢而不规则的前行吸引了，站着看了一会儿，才发出一声微弱而沙哑的叫声，逼着自己穿过洗涤室。我浑身发抖，几乎不能站直身子。打开煤窖门，我钻了进去，黑暗里，我一面竖起耳朵听，一面目不转睛地盯着通向厨房的那道微亮的门。火星人看见我了吗？他此时在做什么？

有样东西在房间里来来回回移动，没有发出一点声音；不时在墙上敲打着，一移动就听到轻微的金属叮当响，就像钥匙串上的钥匙相互碰击发出的声音。接着，一个笨重的躯体——我太清楚是什么了——被拖了出来，横穿过厨房，朝墙孔而去。我难以抵挡它的吸引，悄悄地爬到门边，朝厨房里偷看。明亮的阳光从三角形的孔洞透进来，我看见火星人了。坐在像百手巨人的操纵机器里，他正在仔细检查牧师的头部。我猛地想起打牧师时留下的伤痕，他会由此推断出我的存在。

我爬回煤窖，关上门，直往柴火堆和煤堆里钻，尽可能地不发出声音，尽可能地把自己全部藏起来。我又不时停下来，硬着身子听火星人是否把触角伸进孔洞。

那个微弱的金属叮当声又响起了。他慢慢地摸索着从厨房掠过。随即，我听到他离我更近了——在洗涤室里了，我判断到。我估计他的长度可能够不到我。我只有一个劲儿地祈祷。他从地窖门上轻轻地擦过了。漫长的悬念，几乎有一个世纪，让人不能忍受；我听到他在门闩那儿乱摸一阵！他发现了门！火星人懂得门！

他反复拨弄着锁扣，过了一会儿，门打开了。

我能看清这个东西了——就像大象的长鼻子——向我这边挥动，伸到墙上，煤炭上，木头上，天花板上，全都检查一番，就像黑色的蛾子来回摆动没有眼睛的头。

一次，他甚至触到了我靴子的后跟。我差一点要失声尖叫，只好咬了一口手，忍住了。好一会儿，触角都没有声音，让人以为他缩了回去。猛然间，响起咔嗒一声，他攥住了什么东西——我以为是我——好像又走出了地窖，我一时不能确定。显然他只是抓了一块煤去检查。

我的藏身处太狭窄了，夹得我难受，我抓住机会，轻轻移了一下位置，又竖起耳朵听。我发狂地低声祈祷自己平安无事。

随后，我又听到什么东西缓缓地、从容地向我爬过来。一点一点地，他越来越近，刮擦着四壁，又在家具上敲打。

我还在疑惑不解时，他就猛敲地窖门，然后把门关上了。我听见他走进了储藏室，饼干筒哐当响起，一个酒瓶打碎了，接着什么东西重重地撞在地窖门上。随即是一片死寂，还有永远的悬念。

他走了吗？

最后，我认定他走了。

他没再走进洗涤室，但整整一天，我都躺在黑暗中，被厚厚的炭块和柴火深深地埋了起来，口渴得要命也不敢去找水喝。到了第十一天，我才敢冒险从我的避难处爬出来。

## 第二十二章　劫后死寂

走进食物储藏室前我先把厨房和洗涤室之间的房门扣死。但储藏室里空空如也，所有的食物都不见了。一定是火星人在头一天就全都拿走了，我第一次感到绝望。第十一天或是第十二天吧，我没有吃过一口东西也没喝过一滴水。

我的嘴和喉咙干得像火烤似的，接着体力越来越虚弱。我在黑暗的洗涤室里这儿坐坐，那儿坐坐，精神沮丧，可怜之至，脑海里浮现的全是吃的东西。我想我一定聋了，竟然听不到巨坑处那早已熟悉的响动声。要是我还有一点力气的话，我早爬到窥探孔那儿看个究竟了，可我却虚弱无力，爬过去肯定要弄出声音。

第十二天时，我的喉咙冒烟，痛不堪言。顾不上会惊醒火星人了，我用水槽边咯吱作响的雨水抽水泵压了几杯又黑又臭的雨水喝，顿时觉得精神好多了。抽水的声音居然没有引来火星人东翻西找的触角，又让我胆子大了些。

这几天里，我老爱胡思乱想，总是想到牧师以及他是怎么死的，却想不出个结果。

第十三天时，我又喝了些水，昏昏然然地打着瞌睡，断断续续地想着怎么吃东西，怎么逃跑，而那些逃跑计划都模糊不清、不可实现。我只要一打盹就做梦，恐怖的幽灵，牧师惨死的情形，还有丰盛的晚饭不断浮现在我梦里。不管是在睡梦中还是清醒时，我都感到一种锥心的疼痛，逼着我一次又一次地喝水。照到洗涤室里的光线不再是灰色的，而是红色的。我恍惚觉得那像是血的颜色。

第十四天时，我进入厨房，惊奇地发现红草的叶子爬过了墙洞，原本有些光亮的地方染成一片绯红，朦朦胧胧的。

第十五天一大早，我就听到厨房里传来一阵奇怪而熟悉的声音，侧耳倾听后，我认定是狗闻东西、抓墙壁的声音。走进厨房，只见一只狗鼻子从红叶中伸了过来，吓了我一大跳。闻到我的气味后，它短促地叫了几声。

我想，要是我能悄悄将它引诱到洗涤室，也许就可以把它杀了吃肉。无论如何，在它的举动招来火星人前，把它杀了才是明智之举。

我向前爬，柔声叫着："乖狗！"但它突然缩回头去，不见了。

我侧耳倾听——我没有聋——只是巨坑处没有一丝响动而已。除了一阵鸟扑扇翅膀的声音，乌鸦沙哑的呱呱叫声，我什么也没听到了。

我紧挨着窥探孔躺了好长一段时间，也不敢把遮住它的红草往边上扒。有一两次我听见一阵轻微的噼啪声，好像是狗在我下方的沙地上来回走动，还有更多的鸟叫声，但就只听到这些了。寂静让我鼓起勇气，我终于把红草扒开，往外看去。

巨坑角落处，一群乌鸦在火星人吸过血的死人骨架上跳来跳去，争着抢食腐尸，除此以外，巨坑里见不到一个活的东西。

我四处张望，简直不敢相信眼前的一切。所有的机械设备都不见了。沙地上偌大的圆形巨坑空空荡荡，只见巨坑一角的大堆灰蓝色粉末、另一个角落的几块铝锭、黑色的乌鸦和死人尸骨。

我慢慢地从红草中钻了出来，站到垃圾堆上，极目远望，除了身后北面不在视野内，我看不到一丝火星人的踪迹。巨坑从我脚下陡然下陷，不过不远处，沿着垃圾堆有一个不太陡峭的坡通到废墟的顶部。我逃跑的机会来了，想到这儿我竟浑身发抖。

我犹豫了一会儿才下定决心孤注一掷往垃圾堆上爬。带着一颗怦怦狂跳的心，我终于吃力地爬到那将我埋了那么长时间的垃圾堆的顶端。

我又再次环顾四周，北面也看不到一个火星人。

我白天最后一次见到希恩这带地方时，它那蜿蜒的街道上大片大片的树荫掩映着一幢幢白墙红瓦、温馨舒适的房子。而此时，我的脚下是一大堆破碎的砖瓦、烂泥、砾石，上面长满了仙人掌状的红色植物，高及膝盖，没有一棵地球植物质疑它们的存在。我附近的树木全都死了，变成了棕色，稍远处，一网一网的红色丝状植物攀附在活的树干上。

邻近的房屋都遭到破坏，不过，却没有一幢房子起火；墙还立在那儿，有的还齐二层楼高，窗户碎了，门也烂了。红草在没有了屋顶的房间里生了根，长势凶猛。我下方是巨坑，乌鸦在争抢里面的垃圾。别的鸟成群地在废墟里跳来跳去。远处，一只瘦骨嶙峋的猫蜷缩着身子沿着墙脚偷偷地溜走了，却见不到火星人的踪迹。

被困在黑暗中长达十多天，我顿觉得天亮得耀眼，蓝色的云朵也光芒四射。每一块空地上都长满了红草，一阵微风吹来，红草随风轻轻摇曳。哦！甜蜜的空气！

## 第二十三章　十五日之惨变

我不顾安危，在废墟堆上摇摇欲坠地站了一会儿。先前在那个臭气熏天的藏身洞穴里，我一心只想着眼下的安危，根本没有想过外面的世界发生了什么，也没有预计会见到这样陌生而又惊悚的场景。我只是认为希恩将是一片废墟——而我却好像置身于另一个星球，四周的景致怪异而恐怖。

那一刻，我竟发出常人不会有的感触，觉得自己就像一只兔子，返回自己的巢穴时，突然撞上一二十个工人正在忙着挖房屋地基。在我们主宰之下的那些可怜动物对这样的感触再熟悉不过了。一种家园被占，不再主宰地球的感慨油然而生：我们只不过是火星人铁蹄下被随意践踏的一种动物。我起初还只是模模糊糊地这样想，但越想越觉得就是如此，许多天来都备受这种想法的折磨，深感压抑。我们将与那些动物一样，潜伏张望，边跑边躲；人类带给动物的恐惧不复存在，人类的王国也已分崩离析。但是，我一有这个奇怪的念头时，长久未进食的饥饿感立刻又占据了我的整个心思，让我备感沮丧、痛苦。在远离巨坑的地方，我看到一堵长满红草的墙那边有一块菜地还没被掩埋。这提醒了我，我便穿过红草丛到了墙边。红草茂密，有时齐膝高，有时齐脖子高，在它的遮掩下，我感觉踏实多了。那堵墙大约六英尺高，我试着爬了一下，脚却够不到墙顶。我只好沿着墙边走到墙角。那儿有一块大石头，我踩着爬到墙顶，踉踉跄跄地走进了我垂涎的菜园。我找到了一些小洋葱，几个菖蒲球茎，还有好多没成熟的胡萝卜，我全都吃了，然后，跌跌撞撞地越过一截残墙，穿过血红的树丛，朝科韦走去——就像穿过大滴大滴鲜血染红的道路——心里只有两个念头——一是再找些吃的，二是只要体力允许，赶快爬离这个该死的、怪异的巨坑一带，走得越远越好。

走了一段路，在一个草丛里我发现了一堆蘑菇，我也狼吞虎咽地全部吃光。然后我看见过去是一片片丰绿水草的地方浅水横流，浑浊不清。吃下去的那些零星东西反倒令我觉得更加饥肠辘辘。起先，我觉得很诧异，在这么干燥炎热的夏天怎么会出现洪水？后来才发现是生机勃勃的红草造成的。这种不同寻常的植物一遇到水就显示出巨大的无与伦比的繁殖力。它的种子仅仅是顺着河水冲下来流到韦河和泰晤士河里，马上就站稳脚，硕大无比的叶子迅速塞满两条河。

后来我在普特勒看见大桥几乎淹没在乱蓬蓬的红草丛中。在里士满，也是这样，泰晤士河水冲刷出一条宽广的浅浅溪流，穿过汉普顿和特威克汉姆的草地。河水流到哪里，红草就跟到哪里，连泰晤士山谷的别墅废墟也一度淹没在这红色沼泽里。我从沼泽边缘经过，仔细一看，火星人造就的大量废墟都被掩藏在了红草下面。

后来，红草突然全部死亡了，速度之快就像它一下长满地球一样。人们认为它是由于某种细菌的作用，突然感染了一种溃疡。而地球上的所有植物在自然选择的过程中，都已获得抵抗细菌疾病的能力——它们绝不会任由细菌肆虐，而会与其进行艰苦搏斗，相反，红草像早已死去的植株任由细菌腐蚀。叶子先是变得苍白，接着变蔫变脆，轻轻一碰就纷纷落下，它们的残枝败叶又随着先前让它们茁壮生长的河水漂到大海。

我走到这条溪流前当然首先为了解渴。我喝了个痛快，冲动之下，竟扯了些红草叶子放在嘴里嚼；汁液很多，却有一种让人恶心的金属味。红草虽然有一点绊脚，但水很浅，我完全可以安全地涉水过河；不过，溪水在要到泰晤士河时明显变深，我只好返回莫特莱克。借助偶尔出现的别墅废墟、倒塌的栅栏、打碎的灯泡，我勉强辨别出哪里是马路。一走出遍地流淌的溪水，我就朝山上爬，爬到汉普顿后，总算走到了普特尼工地。

此处景致不再陌生怪异，虽然也是一片废墟，我却觉得熟悉不过：一块块地明显遭受飓风摧残，再走不到几十码，就看见几方完好无损的区域，一幢幢住房里百叶窗低垂下来，房门紧闭，就像只是主人离家一天而已，又或是还在里面睡觉。这里的红草没有那么茂盛；路两边高大的树木上也没爬有一根红草。我在树丛中寻找食物，却什么也没找到。我也破门闯进几户安安静静的人家，却发现早有人闯进来，将其洗劫一空了。我的身体越来越虚弱，疲倦得不能再动一下，白天剩下的时间里，我都躺在灌木丛里休息。

这么长的时间里，我没有见到一个人，也没有见到火星人的踪影，倒是碰到了两条饿狗，我一靠近它们，就都仓皇逃走了。在汉普顿附近，我见到过两具死人的骨架——不是尸体，只有骨头了，被啃得干干净净——在旁边的树林里，我还发现了几只猫和兔子的碎骨，撒满一地，还有一只羊的头骨。我捡了几块在嘴里嚼，却什么也没吃到。

太阳落山后，我挣扎着上路了，沿着马路朝普特尼而去。我想出于某种原因火星人肯定在那里动用了"热射线"。在汉普顿那边的一个菜地里，我找到了好些没有成熟的土豆，够我填饱肚子了。站在这个菜地里，可以俯瞰普特尼和泰晤士河。暮色下，这一带显得格外荒凉：烧黑的树木和凄凉的断壁残垣，山脚下上涨的河水淌过一块块地，泛着红草的血色，万籁俱寂。一想到这凄凉的变化来得有多迅猛时，我就不寒而栗。

我一时觉得人类一定已被火星人赶尽杀绝了，只剩下我，最后的一个人，孤独地站在那儿。在普特尼山顶附近，我碰到了另一具尸骨，双臂被扔在离尸体几码远的地方。当我继续前行时，我越来越相信，这一带的人被彻底灭绝了，只剩下像我一样游荡的人。我想，火星人已离开这个荒凉的国家到别处去找食物了。也许，他们此时正在摧毁柏林或巴黎，抑或他们已往北而去了。

## 第二十四章 普特尼山上的空想家

　　我在位于普特尼山顶的旅店度过了那夜，自打踏上前往勒热赫德的逃难之旅后，这是我第一次在床上睡觉。不用说，我花了好多工夫才破门进入那幢房子——后来我发现前门被闩死了——在每个房间里我都翻箱倒柜，快要崩溃时才在一间看起来像是服务员住的卧室里找到一片老鼠啃过的面包和两听菠萝罐头。这个地方已经被人洗劫过了，什么也没留下。在吧台，我找到好些漏网的饼干和三明治。三明治已经腐烂，不能吃了，不过饼干不仅让我吃了个饱还装满了我的衣服口袋。害怕火星人在深夜时到伦敦一带寻找食物，我没有点灯。上床睡觉前，我感到惴惴不安，从一个窗口潜到另一个窗口，偷偷看外面是否有那些怪物的踪迹。躺在床上，我却浮想联翩——自从我与牧师最后一次争吵以来，我记不得要做的事了。在那段时间里，我的精神状况一直不好，不是情绪无常，就是大脑不清。但是那天晚上，估计是由于吃了食物，身上有劲了的缘故吧，我的思维变得清晰，开始思考问题。

三件事情在我脑海中不断萦绕：牧师被杀、火星人的行踪和我妻子的安危。回忆起牧师之死，我并不觉得恐怖或悔恨；我只是把它看成自己做过的一件事，一个永远都令人不悦的记忆，但是却无须懊悔。我那时和现在都认为，朝牧师身上胡乱一击是一步步被逼出来的，是一连串的事件导致了那不可避免的一击。我觉得自己无罪，然而那一幕好像定格在我脑海中，总是如恶魔般纠缠我。在夜深人静的时候，我觉得上帝近在眼前，在黑暗和寂静中，我时时会有这样的感觉。上帝来审判我了，审判我在一时的愤怒和恐惧中犯下的罪孽，那是我受到的唯一审判。当初见到他时，他蜷缩在我旁边，手指向韦布里奇废墟上冒起的大火和浓烟，根本没注意到我有多饥渴。我就从那一刻开始，一步步地追忆起我们相互交谈的情形。我们无法合作——可残酷的机缘巧合可不管这个。要是我预见到了的话，我早在哈利福德就离开他了。犯罪是在预谋的情况下实施的，而我却没有预见到此事，因此施加在牧师身上的那一击应该不算犯罪吧。既然我写的是一个完整故事，我就原原本本地把此事也讲出来。当时没有谁目击我打牧师——我原本可以隐瞒这一切，但我还是把它写出来了，让读者做出自己的判断，我想，读者自有公道。

努力不再想那具扑倒在地的尸体后，火星人的行踪问题和妻子的安危又萦绕我心。对于火星人的行踪，我没有一点头绪，我可以想象出一百种可能性，因此，一想到妻子可能遭遇的种种可能我就忧心忡忡。想到这儿，那夜就不好过了。我翻身坐起来，瞪大眼睛盯着漆黑的夜，祈祷但愿"热射线"将妻子一下击死，这样就死得快些，没有痛苦。自从那晚我从勒热赫德返回后我就没有祈祷过。当我在极度危险的情况下时，我祈祷过，口中狂热地念着迷信的祈祷词，就好像异教徒在念咒语；但现在，我真的在祈祷了，在这黑夜中与上帝面对面，坚定而又清醒地求他施恩。多怪异的夜晚啊！而最奇怪的是，当黎明来临时，我这个曾与上帝交谈过的人，就赶快从那幢房子爬了出来，就像老鼠逃离藏身的地方一样——我就是一个不可能再长大一点的动物，一种劣等动物，主人一时兴起就可能去猎捕它、杀死它。也许那些老鼠也曾满怀信心地向上帝祈祷。毫无疑问，如果我们没有学会别的什么的话，这场战争教会了我们同情——同情那些饱受我们统治之苦的没有智慧的生灵。

早晨天气晴朗，东方天空一片粉红，镶嵌着小团小团的金色云朵。从普特尼山顶到温布尔登的路上，惊慌逃难的人流遗弃的东西撒满一地，他们一定是在战争开始后的星期天晚上拥向伦敦的。有一辆双轮小马车，上面刻着新马尔登蔬菜水果商托马斯·洛布的名字，一只车轮被砸烂了，一口锡箱子丢在车上。一顶草帽被踩进现在已干硬了的泥地里，西山顶上被掀翻的水槽四周撒满了溅有鲜血的碎玻璃。我行动迟缓，脑子里只是有一些模模糊糊的计划。尽管知道在勒热赫德找到妻子的希望渺茫，我仍打算去那里。如果死亡没有突然降临到他们头上的话，我表亲和妻子肯定已逃到其他地方去了；但我总觉得可以在那里打听到萨里郡的人逃到哪里去了。我想找到妻子，急切地渴望见到她，见到世界上其他的人，可是我却不清楚该怎样去找。强烈的孤独感噬啮着我痛苦的内心，深切地体会到形单影只的滋味。在树木和灌木丛的掩护下，我从角落里向连绵不绝的温布尔登工地走去。

一丛丛黄色的荆豆和金雀花让黑茫茫一片的工地明亮了几分；见不到一株红草。当我在开阔的工地边缘潜行，拿不定主意时，太阳升起来了，阳光洒满了工地，一切都顿时显得生机勃勃。在树林中的一个沼泽地，我看到一群小青蛙跳来跳去，便停下来观察它们，它们生存的意志多坚强啊，我颇受启发。随即，我突然感到有人在监视我，这种感觉太奇怪了，我猛地转过身来，看见灌木丛中有个东西蹲在那里。我站在那儿盯着看，然后向前迈了一步，那东西突然站了起来，原来是个人，手中拿着一把大砍刀。我慢慢向他走去，他不说话也不动，就直直地盯着我。

我走得更近了，只见他衣服跟我一样沾满灰尘，一样邋遢，看起来真的就像刚从阴沟里拖出来似的。再往前走，我清晰地分辨出糊在衣服上的东西不是一道道绿色的软泥就是浅棕色的干泥和发亮的煤渣。他头发乱蓬蓬的，遮住了眼睛，一张脸又黑又脏，脸颊深陷，下巴处还有一道血红的刀口。我一开始并没认出他。

"停住！"他叫了起来。我离他不到十码远了，我停了下来。

他嗓音嘶哑地问道："你从哪里来的？"

我边想着怎么回答他，边打量着他。

"我从莫特莱克来，"我说道，"被埋在火星人挖出的巨坑附近的一幢房子下，设法爬出来逃到这儿了。"

"这周围没有吃的，"他说，"这是我的地盘。整座山到下面的河，后至克拉彭地区，上至工地边缘，都属于我了。这儿的食物只够一个人吃。你要到哪里？"

"我不知道。"我说，"我被埋在废墟下十三四天，不清楚发生了什么。"

他怀疑地看着我，随即惊了一下，用异样的表情看着我。

"我不想在这带停留，"我说，"我想我会到勒热赫德去，我妻子在那里。"

他突然伸出一根手指。

"是你啊，"他说，"你是那个沃金人。在韦布里奇你没被杀死啊？"

同时我也认出他来。

"你是跑到我家花园的那个炮兵！"

"运气真好啊！"他说道，"我们真幸运！真想不到！"他伸出手来，我一把握住。

他继续说："我从一个阴沟爬了上去。他们并没有把我们全部杀了。等他们走后，我就穿过田野到了沃尔顿。但是——总共还不到十六天啊——你就长出白发了。"他猛地侧头一瞧，"原来只是一只秃鼻乌鸦，"他又说道，"这些天来人都晓得鸟也有影子。这里没有什么遮挡。我们爬进灌木丛里再说。"

"你见到过火星人没有？"我问他，"自从我爬出来——"

"他们到伦敦去了，"他说，"我猜他们在那儿有一个更大的营地。一天晚上，就在那边，汉普斯德方向，他们的灯照得天空雪亮，就像一个大城市，在耀眼的灯光中你可以看见他们走来走去。白天时反倒看不见他们。但是这几天——我没有看见他们（他扳着指头数起来）——有五天。后来，我见到几个火星人穿过汉普斯德，携带着大的东西。还有前天晚上，"他停了停，激动地说，"就像是灯一样的东西，但却高高悬在空中。我想他们已经造了一架飞行器，正在学习飞行。"

我停了下来，趴在地上，因为我们已爬进了灌木丛。

"飞行？"

"没错，"他说，"飞行。"

我继续向前，进到一个小凉亭后坐了下来。

"人类彻底完了，"我说，"如果可以飞行的话，他们轻而易举就横扫整个世界了。"

他点了点头。

"是啊。不过——那倒会让这边的处境好一点。况且，"他盯着我，"人类完蛋了，你难道还不相信吗？我倒是相信。我们完了，被彻底打败了。"

我瞪大了眼。看来真怪啊，他一说出来就变得明显不过的事实，我竟没有看出来。此前我还抱着一线希望，更确切地说，一生爱思考的习惯让我看问题不那么直接。他重复说着："我们被打败了。"字字都流露出他的深信不疑。

"一切都结束了！"他说，"他们只损失了一个——仅仅一个，就在地球上站稳了脚，并且让世界上最强大的国家瘫痪瓦解。他们把我们踩在脚下。在韦布里奇丧命的那个火星人只是一个意外。这些人只是来打头阵的。他们会接二连三地来到地球的。这些绿色的星星——这五六天我都没有见到过一个，但毫无疑问，他们每晚都在降落，落到什么地方去了。我们无能为力了。我们完蛋了，被彻底打败了！"

我没有回答他。我坐在那儿，盯着前方，试图想出反驳他的话，却徒劳无功。

"这不是一场战争，"炮兵说，"绝不是一场战争，只不过跟蚂蚁和人打了一仗相同。"

我突然想起那晚在天文台里看陨星的情景。

"发射了十颗后，他们就不再发射了——至少，一直到第一只圆筒降落。"

"你怎么知道的？"炮兵问道。我跟他解释一番。

他沉思片刻，说："发射炮出问题了。但就算出问题了又怎么样呢？他们可以把它修好。再说，即使发射延期了，结局会改变吗？就像人和蚂蚁打仗。蚂蚁也要修池筑城，也要过活，有矛盾了也要通过战争来解决。可只要人想让它们滚蛋，它们就滚蛋了。我们现在就是那样——就是蚂蚁。只是——"

"是呀！"我附和道。

"我们是可以吃的蚂蚁。"

我们坐着，面面相觑。

"那他们要怎么处置我们？"我又问。

"我一直在思考这个，"他说，"我一直在思考。离开韦布里奇后，我去了南方——边走边思考。我目睹了发生的一切事情。大多数人都在拼命尖叫，情绪亢奋，而我却不太喜欢尖叫。我有一两次差点就死了。我可不是作装饰用的士兵。大不了就是死——就是死罢了。正是动脑筋思考的人才能在灾难中活下来。我看到人人都逃向南方，心想，这个地区的食物不久就不够的，于是我马上掉头，朝火星人走去，就像一只麻雀迎面向人飞去。到处都是。"他手朝地平线一挥，说，"成堆成堆要饿死的人，大家发力狂奔，自相践踏。"

他见我神色异样，尴尬地停了下来。

"许多有钱的人肯定逃到法国去了。"他说。他显得有些犹豫，不知是否该向我道歉。目光相遇后，他又继续说，"这一带到处都是食物。商店里有罐装的食物，葡萄酒、白酒、矿泉水，应有尽有，只是排水的总水管是空的。好吧，我就告诉你我是怎么想的。他们是有智商的东西。看起来，他们想把我们当作食物。首先，他们要打垮我们——摧毁一切船只、枪炮、城市以及所有的社会秩序和组织。一切都会化为乌有。如果我们只有蚂蚁大小，可能会挺过这场浩劫。可偏偏我们比它们大，大得不能停下来俯首称臣。这第一点明白无疑，对吗？"

我表示同意他的看法。

"那是非常确定的了，我已经想清楚了。那好，就说第二点。目前，如火星人所愿，我们已成了他们的囊中之物。一个火星人只需走几英里，就吓得人鸡飞狗跳。有一天，在旺德沃斯附近，我就看到一个火星人把房子撕成碎片，在废墟中搜寻人。但他们不会一直那样做的。只要他们摧毁了我们所有的枪炮和船只，炸坏了我们的铁路，结束一切战事后，他们就会开始系统地抓我们，挑身强力壮的装在笼子之类的东西里。他们会着手一点一点那样做的。天哪！他们还没有开始抓我们！你还不明白吗？"

"还没开始！"我惊叹道。

"还没开始。目前发生的一切都是由于我们还不够理智，不知道要保持安静——还在用大炮之类的愚蠢东西去激怒他们。我们头脑不清，竟然成群结队地乱冲乱跑，其实我们原来待的地方更安全。他们还不想来管我们，正忙着制造东西——制造他们无法随身带来的一切东西，为其他火星人的到来做准备。很有可能，那就是为什么没再发射圆筒的原因，他们害怕打中那些在地球上的火星人。我们不应盲目地东奔西跑，呼天唤地，也不应到处埋地雷，指望把他们炸死，而是要根据事态发展的新形势调整好自己，我就是这么想的。这不是说人想要怎样，而是事实就摆在那里，那就是我所遵循的行动原则。城市、国家、文明、进步——全都完了。游戏结束了，我们被打败了。"

"但如果是那样，活着有什么意义呢？"

炮兵盯着我看了一会儿。

"一百年左右将不会再有令人陶醉的音乐会了，不会有什么皇家艺术学院了，餐厅里也没有精致的小食品了。如果那正好是你追求的乐趣，我想游戏结束了。如果你讲究客厅礼仪，或者不喜欢用刀吃豆子，也不喜欢说话时把H音省掉，那你最好收好这一套。它们不会再有用处了。"

"你是说——"

"我是说，像我这样的人会继续生存下去——为了繁衍后代而生存下去。我跟你说，我是下定决心要活下来的。要是我没弄错的话，过不了多久，你的本性就会显示出来。我们不会被灭绝的。我也不想被火星人抓住，被驯服，然后再养得白白胖胖的，像暴怒的公牛一样交配。啊！想一下那些棕黄色的动物吧！"

"你不是要说——"

"我就是这个意思。我要活下去。在他们的铁蹄下。我已经计划好了，我想清楚了。我们人类被打败了。我们知道的东西还不够。有机会翻身之前，我们得学会许多东西。在学的过程中，我们必须活下来，必须要自力更生。瞧！那就是必须要做的。"

我惊呆了，傻傻地盯着他，他的坚定决心深深地触动了我。

"天哪，真是太好了！"我感叹道，"你的确是个男子汉！"我猛地一把握住他的手。

"哦！"他两眼放光，说，"我已想清楚了，不是吗？"

"继续讲！"我催他。

"好的。那些不想被火星人抓住的人必须做好准备。我准备好了。你得小心点。并不是每个人都适合过野兽的生活。对，就是野兽的生活。刚才我之所以观察你就是这个原因。我有点想不通。你现在瘦了很多。我不知道是你，你瞧，也想不明白你是怎么给埋起来的。所有人——所有在这些房子里生活的那类人，还有那些该死的、住在下面那个方向的小职员——他们一无是处，他们身上没有一点阳刚之气——没有雄心勃勃的梦想，也没有远大志向；这样的人多一个少一个都不要紧——天哪！他们算什么？不过是些胆小鬼，做什么都谨小慎微。他们匆匆忙忙跑去上班——我见过无数这样的小职员。他们手中拿着一点早餐，疯狂地奔跑着，生怕错过使用月票的小火车，生怕就此而被炒鱿鱼；干着工作，却不愿花精力去理解究竟是什么样的工作；下班后又匆匆忙忙地往回赶，生怕赶不上吃饭时间；吃完饭后就大门不出，生怕背街僻巷有什么危险；跟妻子一起睡觉，不是因为需要妻子，而是因为他们手里那点钱只够营造一个安身之地，让在大千世界里忙忙碌碌、苟且偷生的他们稍感安全。生活有保障，再做一点投资以防不测。在星期天又去祈祷——生怕来生不安。好像地狱只为兔子修建似的！那好，对这些人来说，火星人就是上帝的使者。漂亮的房间大小的笼子，可以催肥的食物，精心地喂养，没有什么可以担心的。饿着肚子在荒郊野外被追得跑过一两周后，他们会自动送上门，心甘情愿地被抓起来。在笼子里生活一段时间后，他们就会变得高高兴兴的。他们会想没有火星人照顾，那些还在逃跑的人是怎么过活的呀。还有那些游手好闲的人、捣蛋鬼、歌手——我可以想象他们——"他说着，带着一点偷着高兴的口吻，"他们中间会有一些感伤的情绪，信仰宗教的人少了。我亲眼看到无数的事情发生，最近几天我才开始看清这一切。有许多人会随遇而安——长得胖胖的、憨憨的；还有许多人会觉得一切都错了，他们应该做点什么改变一下，因而备感焦虑。现在，无论哪个时候，只要事情如此，总有许多人觉得他们应该做点什么。那些软弱的人，那些因为想得太多，瞻前顾后，变得软弱的人总会求助于一种无为的宗教。他们一心虔诚，自以为高人一等，顺从于上帝的意志，甘受上帝的迫害。很有可能你也见到过同样的事情。那是一阵惊恐之风产生的能量，它让人的内心暴露无遗。这些笼子里将充满赞美诗、圣歌和虔诚的祈祷词。而那些想得没那么复杂的人做起事来有一点——有一点什么呢？——放浪形骸。"

他停了一下。

"这些火星人很有可能要把一部分人当宠物来饲养；训练他们来耍一些把戏——谁知道呢？——那些宠物孩子长大后

就得被杀来吃，也许他们又会对他的死感伤不已。还有，有可能，他们要训练一些人来追猎我们。"

"不，"我叫起来，"那不可能！没有人——"

"说些谎言骗自己有什么好处？"炮兵说，"有人会欣然去做的，再装腔作势就没意思了。"

于是，我屈服于他的信念之下。

"要是他们来追捕我，"他惊呼道，"天哪，要是他们来追捕我！"接着，他平静下来，陷入沉思之中。

我坐在那儿仔细想着这些事情，却想不出什么来反驳他。在火星人入侵之前的日子里，没有人会质疑我智商比他高——我，一个专门研究哲学问题、有名望的职业作家，而他呢，一个普通的士兵；但是，此时他已经认清了形势，我却看不出一点苗头。

"你要做什么呢？"我随后问他，"你有什么打算？"

他犹豫了片刻。

"嗯，就像这样，"他说，"我们必须做什么呢？我们必须创造一种生活，让人可以活下去并且还要生儿育女，这种生活要保证孩子能安全地长成人。是的——等一下，我得把我的想法说得再清楚一点。那些被驯服的人就像所有听话的动物，几代下来，他们会长得高高大大，漂漂亮亮，富含血液，愚蠢不堪—— 一堆垃圾！我们这些在野外生活的人面临的风险就是变野蛮，沦落到有点像大野鼠。你瞧，我指的是在地下生活。当然了，那些不懂下水道的人会认为这太恐怖了；但是，就在这座伦敦城下面铺设了好多英里——成百上千英里的下水道——下几天雨后，伦敦城空了，这些下水道会变得温馨干净。主下水道可够大、够通气，任何一个人都可以住进去。还有地窖、教堂地下室、地下商店，可以从这些地方修路通到下水道。还有火车隧道和地铁，不是吗？你明白点了吗？这样，我们形成部落——全是身强体壮、头脑清楚的男子。我们可不要捡那些漂进来的垃圾。意志薄弱的人都得滚出去。"

"那你是说我要滚吗？"

"嗯——我讲过了，不是吗？"

"我们不用为这争吵。继续讲。"

"那些不服从命令的人；那些身体结实、头脑清醒的妇女，我们要她们来当母亲和老师，不要没精打采的贵妇人，也不要横眉怒眼的泼妇，我们不需要体弱多病的人。现实的生活又开始了。没有用的、碍手碍脚的、捣蛋的，全都得死，他们应该死，他们应该自愿死去。毕竟，他们活着就是有点不忠于这个种族，就是玷污这个种族，并且他们也不可能高兴。再说，死并没那么可怕；就是臭味不太好忍受。我们将聚集在我讲过的所有地方。我们的管区将是伦敦。我们甚至可以在火星人离开的时候，设法派人放哨，然后在开阔的地方四处跑一下。也许还可以打板球。那就是我们该怎样去拯救人类了。不是吗？这行得通吧？可是，单纯地只是拯救种族没有什么意义。如我所言，那不过是大老鼠。要拯救我们的知识以及跟知识相关的东西。这样一来，就需要像你这样的人了。有书，有模型。我们必须在地下深一点的地方建造大的、安全的藏书室，要尽可能多弄一点书；不要小说和诗歌这些风花雪月的书，只要哲学书和科学书。这样一来，就需要像你这样的人了。我们得到大英博物馆把那里所有的书都挑选一遍。我们尤其要发展科技——多学东西。我们必须提防这些火星人。我们中的一些人必须去当间谍。当一切都进展顺利时，也许我会去。被火星人抓住，我意思是说。最重要的事是，我们不得去招惹火星人，甚至不准去偷东西。如果我们妨碍他们，我们就完蛋了。我们得向他们表明我们没有恶意。是的，我知道。但他们很聪明，要是他们抓够了想要的人，他们就不会再追猎我们了，只把我们当成是无关痛痒的体外寄生虫罢了。"

炮兵突然不讲了，把一只黑乎乎的手搁在我手臂上。

"不过，我们要学的东西也许没有那么多，之前——就想象一下吧：火星人的四五台战斗机器突然发动了——'热射线'左边扫射一下，右边扫射一下，机器里面却不是火星人。不是火星人，而是人——是学会了怎样制造那玩意儿的人！也许是在我活着时就实现了，甚至——许多人。想象一下拥有个那么好的玩意儿，可以随心所欲地发出'热射线'！想象一下战斗机器就操纵在你手中！轰轰烈烈地操纵过够值得了，就算最后被炸成碎片，那又有什么关系呢？我猜火星人要睁开他们那美丽的眼睛！难道你不能看见吗，老兄？难道你没看见他们匆匆逃跑，惊慌失措——喘着粗气，对着其他的机器大呼小叫吗？可是每台机器的齿轮都脱开了。嗖嗖、砰砰、啪啪、嗖嗖！当他们正在笨拙地休整时，嗖嗖，'热射线'扫射过来了。瞧呀！人又回到自己的地盘上了。"

一时，炮兵大胆的想象、自信的口吻和坚定的决心，完全主宰了我的思维。我毫不犹豫地相信他对人类命运的预言，相信他那惊人的计划可以操作。那些认为我没有主见、头脑简单的读者必须要把我们俩不同的处境拿来做一番比较。他一直都在围绕这个想法仔细地思考，而我呢，缩在灌木丛里倾听外面发生了什么，吓得心惊胆战，哪有心思去想这些问题。整个早上，我们就以那样的方式交谈着，后来才爬出灌木丛，抬头环视天空，生怕火星人出现。他在普特尼山上的一座房子里挖了一个洞穴，我们便匆匆朝那里赶。那是当地的煤炭地窖，在那里当我亲眼看到他干了一周才挖出的工事—— 一条不到十码长的地洞，他打算要挖来连接普特尼山上的主下水道——此时我隐隐感到他的梦想和他的能力之间存在一定的距离，那样的洞我一天就可以挖好，这是我第一次有这样的感觉。可我还是很信任他的，跟他一起干活挖洞，从上午一直干到午后。我们用一辆花园里用的手推车把挖出来的土又倒在花园处。在临近的食品储藏室找到了一罐甲鱼汤和一些葡萄酒，我们好好地享用一番后又有了精神。在不断劳作中，我竟奇怪地找到了一丝慰藉，不再去想世界陌生得令人痛苦。我一边挖，一边反复思量他的宏伟计划，不久，就产生了怀疑和异议。不过我整个上午都劲头十足地干着活，为自己又找到了生活的目的而欣喜。干了一个小时后，我开始思考一个人若要走到下水道得走多远的路程，还要加上可能迷路时走的冤枉路。我顿时觉得迷惑不解，为什么我们要劳神费力地挖这条长地道，明摆着从现成的洞钻下去就可以立即进入下水道，然后再回到房子里。我又觉得房子也没选好，太不方便了，根本就不需要挖那么长的地道。当我开始思考这些问题时，炮兵停了下来，盯着我。

"我们干得不错，"他边说边放下铁锹，"我们歇一会儿吧，我想该到房顶上去侦察了。"

我提议接着干，他迟疑了片刻后，重新拿起了铁锹；突然，我脑子里闪过一个念头，我停了下来，他也立即跟着停了下来。

"刚才你为什么要到工地上走来走去，"我问道，"而不在这儿挖土呢？"

"呼吸一下新鲜空气，"他说，"我正要回来。晚上安全点。"

"但是挖土呢？"

"哦，人不可能一直干活。"他说。在这一瞬间，我看出他不过是个平庸的人。

他手里握着铁锹，迟疑了一下，说："现在我们应该去侦察了，要是火星人走近了，他们会听到我们铁锹发出的声音，然后趁我们没注意打我们个措手不及。"

我不想再反驳他了。我们一起爬到房顶，站在一架梯子上，掀开房顶门，往外看出去。没有见到火星人，我们便冒险踩着瓦钻出去，借着胸墙的掩护，溜了下来。

从这个位置望出去，一丛灌木挡住了普特尼的大半部分，只能看到下面的河流，上面漂浮着泛着白沫的大团红草，兰伯斯低洼的地方被水淹了，一片通红。旧宫殿周围的树上爬满了红草，干瘪枯瘦的树枝从一丛丛的红草中伸展出来，上面的叶子全都枯萎了。真是奇怪呀，红草的蔓延完全取决于流水。我们四周就没有一株红草；金莲花、粉红的山楂花、野茉莉还有金钟柏树从月桂和绣球花中冒出来，沐浴在阳光下，鲜翠欲滴。肯辛顿那边，浓烟缭绕，北面的群山被这浓烟和蓝色的雾霭遮住了。

炮兵开始跟我讲一直待在伦敦的那群人干的蠢事。

"上周的一天晚上，"他说，"一些傻瓜把电灯修好了，摄政王大街和牛津广场一片灯火通明，挤满了涂脂抹粉、衣衫褴褛的男男女女，他们个个喝得醉醺醺的，又是跳舞又是尖叫，一直闹到天亮。这是一个去那里参加狂欢的人跟我说的，那时他们才发现有一台火星人战斗机器立在朗汉姆附近，盯着他们看。天才知道他在那儿站了多久，他们立即仓皇逃窜。他朝他们走去，抓了近百个喝得烂醉或吓呆了无法逃跑的人。"

这只是怪诞时代发生的一桩荒唐事，没有哪部史书会完完全全地描绘一切的！

好像是为了回答我的提问，他又把话题转到他的宏伟计划上。他变得激情飞扬，滔滔不绝地讲述抓获一台战斗机器的可能性，我对他又不再半信半疑了。不过由于此时我已看清了他的一些品性，我能推测出他为什么一再强调不加紧干活的原因了，也看出来毫无疑问，他巴不得自己被抓住好去与那台机器较量。

过了一会儿，我们下到了地窖。我们俩看上去都不想继续挖土，当他建议吃一顿饭时，我并没有觉得反感。他突然变得慷慨大方，等我们吃完饭后他走开了，返回来时，手里拿着几支上等雪茄。我们点燃了雪茄，火光下，他热情洋溢，乐观极了。他把我的到来当作一个盛大的事件。

"地窖里还有一些香槟。"他嚷道。

"喝了这瓶泰晤士产的葡萄酒后，我们可以挖得更有劲了。"我说。

"不，"他反对道，"今天我做东。香槟！上天哪！我们眼下的任务够重的了！让我们休息一下，恢复一点体力再说吧。看看我这双磨满水泡的手！"

抓住要好好休息一天的想法不放，吃完饭后，他坚持要我和他一起玩牌。在牌板上把伦敦分成两部分后，他开始教我玩尤克牌，我要北边，他要南边，比赛谁占领的教区多。对那些严肃的读者来说，这一切看起来多么荒唐和愚蠢啊，可这又是千真万确的事，更值得一说的是，我竟觉得这些游戏都有趣极了。

奇怪的人哪！当我们的同类濒临灭绝的边缘，沦落到惊骇的地步时，当我们前方依然笼罩着死亡的恐怖阴影，前途渺茫时，我们竟然有心思坐下来看这花花绿绿的纸牌带来的可能性，兴高采烈地玩着"百搭"。后来他又教我玩扑克牌，我还跟他下了三盘难解难分的象棋，最后倒是我赢了。天黑了，我们决定冒一下险，点亮了一盏灯。

我们玩着各种游戏，一盘接一盘，好像没有尽头。吃晚饭时，炮兵又拿出香槟畅饮，这次喝得一滴不剩。饭后，我们继续抽雪茄。此时他像变了个人，不再是我上午碰到的那个精力充沛、要让他的族人脱胎换骨的男子。他依然乐观，只是少了几分斗志昂扬，多了几分深思熟虑。我记得他最后祝我身体健康，说话时用词单一，还结结巴巴的。据他说，沿着海格特山一带绿光亮得耀眼，我叼着雪茄，爬上楼去看。

开始，我往伦敦峡谷那边望去。北面笼罩在黑暗之中；金斯敦附近，火光通红，橘红色的火舌不时闪现，蹿到高空，接着，消失在深蓝色的夜色中。伦敦其他地区一片漆黑。我往近一些的地方看去，见到了一道光，一道浅浅的、紫色荧光，在夜风中摇曳。我一时不明白那是什么，最后才想起红草，这道微弱的光亮一定是它发出来的。想清这事后，我觉得自己昏睡已久的好奇心、区别轻重缓急的能力突然苏醒了。我抬头仰望天空，只见火星高高挂在西边天际，清晰可见，发出明亮的红色光芒。随后我又急切地往笼罩在黑暗中的汉普斯德和海格特望去，久久不肯转移视线。

我在房顶上待了好长一段时间，对这天发生的种种怪诞的事情感到迷惑不解。昨晚半夜时分，我还在祈祷上帝的宽恕，今天晚上却在玩着愚蠢的牌类游戏。想到我思想的变化，我竟猛地感到一阵反感，立即将雪茄扔到地上，好像雪茄象征着虚度年华。我觉得自己真是蠢透了，既背叛了妻子也背叛了自己的同胞；我内心充满了悔恨，决心离开这个奇怪的、没有克制的、梦想做大事的空想家，让他在这里尽情地吃喝玩乐吧，我要到伦敦去。在那里，我才有最佳机会打听到火星人和我的同胞们在做什么。姗姗来迟的月亮升上天空了，我依然待在房顶上。

## 第二十五章　死城伦敦

　　与炮兵分手后，我便走下山来，从海大街穿过大桥来到弗汉姆。那时，红草依然长得很茂盛，差不多爬满了大桥；不过由于疾病蔓延，硕大的叶子上出现东一块西一块的白斑。要不了多久，疾病就会以迅猛之势将其连根铲除。

　　在通往普特尼大桥车站的小巷拐角处，我看到一个人躺在那里。他浑身上下糊满了黑灰，就像一个扫烟囱的人，还活着，不过烂醉如泥，话都说不清了。我向他打听，他什么也没说，劈头盖脸地怒骂起来。我想我应该陪在他旁边，可他那凶狠的表情让我打消了这个念头。

　　从大桥一直往前，沿路都是黑灰，弗汉姆的灰更厚，街上静得令人恐怖。我在一家面包店找到了些吃的——又酸又硬，长满了霉，不过还吃得下去。快到沃尔汉姆公共草坪时，街上见不到黑灰了；一排白色的房屋还在燃着大火，我从旁边经过，噼里啪啦的燃烧声竟让我觉得无比欣慰。继续往布罗普顿走，街道又静下来了。

在布罗普顿我在街上又看到了黑灰和死尸。在弗汉姆大道上，总共有十二具死尸，其中一两具尸体还被饿狗啃过。尸体已经放了很多天，发出难闻的臭味，我匆匆离开了。黑灰覆盖在上面，反倒显得没那么恐怖。

没有黑灰的地方则商店紧闭，房门死锁，窗帘遮掩，空空荡荡，寂静无声，就像城里的星期天，令人惊奇。一些地方遭到打劫的人光顾，不过都是粮食店和烟酒店。一家珠宝店的窗户被砸烂了，显然小偷钻进去偷过东西，人行道上撒满了无数根金链子和一块手表。我懒得去碰一下。再往前走，一户人家门前蜷缩着一个衣衫褴褛的妇女，悬在膝盖上的手被割破了，血顺着褪了色的棕色衣服流下来，人行道上摔坏的香槟酒瓶子让血积成了一大摊。她看上去像睡着了，其实早就死了。

我越往伦敦深处走，越觉得到处都太静了。这倒不是死一般的沉寂，而是充满悬念和期盼的沉寂。这个大都市的西北边界早已烈火肆虐，化为焦土，伊令和基尔本也已经夷为平地，我眼前的这些房子随时都有可能遭到灭顶之灾，变为冒着浓烟的废墟。这是一个有罪之城，人人弃它而去……

在南肯辛顿，街上见不到死尸和黑灰了。正是在南肯辛顿附近，我第一次听到了哀号声。声音小极了，我几乎听不出来。是呜咽声，"呜啦，呜啦，呜啦，呜啦"，两个音调交替着响个不停。当我从往北而去的街边走过时，那呜咽声越来越大，随后又好像被住房和其他建筑挡住了，听不见了。到了展览路，呜咽声如潮水般传来了。我停下来，往肯辛顿花园望去，心想，这奇怪的哀号声是怎么回事？只觉得好像是一幢幢被遗弃的房舍发出来的，它们正用这凄惨的声音诉说着恐惧和孤独。

"呜啦，呜啦，呜啦，呜啦"，那异于常人的调子悲天悯地——强大的声波掠过洒满阳光的宽阔公路，在两边的高楼间回荡。我惊讶极了，转身往北而行，一直走到海德公园的铁门。我有点想破门闯入自然历史博物馆，再设法爬到塔楼顶部，俯瞰整个公园，可最后还是决定贴着地面走，这样有什么情况时能迅速找到藏身之所。于是我便朝上走，走到了展览路。路两边的大厦全都空空如也、寂静无声，我走过时，脚步声就在两边回荡。在山顶的公园大门旁边，一幕奇观闯入我眼帘—— 一辆马车翻了，马的尸骨被啃得干干净净。我想了好一会儿也不明白究竟发生了什么，随即朝蛇纹河大桥走去。那呜咽声越来越大，我往公园北边的房子望去，房顶上什么也没有，只是西北边有一缕薄烟。

"呜啦，呜啦，呜啦，呜啦"，我觉得那哀号声好像是从摄政王公园一带传来的。那凄切的叫声揪住了我的心，我不由自主地哀伤起来，原来的好心情没了，只觉得自己疲惫不堪，脚痛得无法前行，饥渴难当。

已经过了中午。为什么我孤独一人在这座死城里游荡呢？当整个伦敦都静如死水、裹满黑尸布时，为什么只有我孤独一人呢？孤独感吞噬着我。我思绪翩翩，多年未曾想过的老朋友浮现在脑际。我想到了药店里的毒药，想到了烟酒商储藏的烈酒，想到了目前我唯一知道的两个绝望透顶的人，只有他们与我同在这座城市里……

穿过大理石拱门，我走进了牛津街，黑灰和几具死尸出现在我面前，住房地窖的栅栏飘来阵阵刺鼻的不祥臭味。走了那么久的路后，我又热又渴。费了九牛二虎之力，我设法闯进了一家饭店，找到了一些吃的和喝的。吃完饭后我仍然觉得疲惫，便走进酒吧后的雅间，倒在一张黑色的马鬃沙发上呼呼大睡起来。

一觉醒来，那凄婉的叫声还在耳边回荡，"呜啦，呜啦，呜啦，呜啦"。暮色四起，我在酒吧里搜出了一些饼干和奶酪——有一个储肉柜，可里面除了蛆，什么吃的也没有——穿过寂静的住宅区，我继续往前游荡，到了贝克大街——我只叫得出波特曼广场的名字——最后来到摄政王公园。当我从贝克大街街头走出时，远远地就见到在落日的余晖中，火星人的帽罩高高地耸立在树梢上方，哀号声就是从那里传来的。我一点儿也没感到害怕，觉得碰到他好像是一件很自然的事情。我盯着他看了好一会儿，他却没有移动一步，就站在那里不停地号叫，我怎么也瞧不出他为什么会那样。

我盘算着该采取什么行动，可连续不断的哀号"呜啦，呜啦，呜啦，呜啦"吵得我思绪不宁。也许我太累了，竟不觉得害怕。但可以肯定的是，我更想知道为什么那个火星人要这样单调地叫个不停，也就不去想他有多可怕。我打算绕着公园走，便转身拐进公园路，在一排排住房的遮掩下，我小心地走到了圣约翰树林，从那儿可以清楚地看到这个静止不动、哀号不已的火星人。走出贝克大街几百码处，突然传来群狗齐吠的汪汪声，只见一只狗向我迎头跑来，嘴里衔着一片快烂掉的肉，后面跟着一群穷凶饿极的杂种狗。它看见了我，立即绕了一个大圈，好像怕我也要抢它的肉。狗叫声渐渐消失在寂静的马路上，号叫声又传了过来，"呜啦，呜啦，呜啦，呜啦"。

在去圣约翰树林的半路上，我看到一辆坏了的操纵机器。一开始我还认为那是一幢倒塌在马路上的房子。爬进废墟堆中，我才看出那是操纵机器，吓了一大跳。这个机械大力士就躺在它造成的废墟中，触角有的弯了，有的砸烂了，有的扭曲了。前半部分被砸得粉碎。看上去它好像是稀里糊涂地就冲进了那幢房子，结果在掀翻房子时，竟被砸死了。那时，我觉得也许是这个操纵机器自行逃跑，没有了火星人的指挥才有此下场。夜色渐浓，我不能再往上爬了，此时已看不清糊满座位的鲜血和被狗咬过的火星人的软骨。

看到的这一切更让我迷惑不解了，但我仍继续往樱草山赶。远远地，透过树木间的缝隙，我看到了第二个火星人伫立在公园里，面向动物园，跟第一个一样，没有一点动静。在那堆操纵机器残骸前面一点的地方，我又见到了红草，这种暗红的海绵状植物大团大团地漂浮在摄政王运河上。

当我走过大桥，"呜啦，呜啦，呜啦，呜啦"的叫声戛然而止，好像突然被切断了，寂静如霹雳骤然而至。

我四周的房子高高地伫立在暮色之中，若隐若现。向海德公园绵延的树林一派荒凉。废墟之中红草蔓延，在黑暗之中盘旋，一直伸到我头上。黑夜——恐惧和神秘之母——将我笼罩。那听起来孤独荒凉的号叫声此时反倒让我觉得能够忍受；由于它的存在，伦敦显得还有一丝活力，我还备受这种生命感的鼓舞。忽然什么东西掠过了——我不知道是什么——随即，只空留下一片死寂。除了这荒凉的沉寂，什么也没有。

幽灵般的伦敦城盯着我。白色房子上的窗户就像头颅上的眼眶。我浮想联翩，觉得好像有上千个敌人正悄无声息地向我逼近。恐惧感紧紧地攫住我，这全是我的鲁莽造成的。我眼前的路变得漆黑一片，好像铺上了厚厚的沥青，一个形状扭曲的东西横躺在上面。我不敢往前走了，转身走到圣约翰树林路，在恐怖的死寂中逃命般地向着基尔本奔去。为了躲开那恐怖的死寂和黑夜，我在哈洛路上的马车夫棚里一直待到半夜过后。但天亮前，我又有了胆量。当星星都还挂在天空时，我再一次朝摄政王公园走去。在纵横交错的街道中我迷了路，不久转到了一条长长的大道上，在黎明的微光中，樱草山的轮廓出现在下方，只见它山尖高耸，直抵渐渐隐去的星星。第三个火星人笔直地站在山顶上，跟其他火星人一样纹丝不动。

一个疯狂的决定在我脑海里闪过。我要结束这一切，就算死也无所畏惧，这样反倒省去自杀的麻烦。于是我无所畏惧地朝着这个巨人大步走去。当我离他稍近一些时，天变亮了点，只见无数只乌鸦正在帽罩四周聚集、盘旋。见此情形，我的心怦怦地跳了起来，撒腿就跑。

匆匆穿过塞满圣埃德蒙街的红草丛（还涉过了一条从自来水厂流出的齐腰深的湍急水流，那股水直冲向阿尔伯特路)，在太阳升起前，我跑到了草地上。巨大的土丘堆积在山峰四周，形成了一个巨型多棱堡垒——这是火星人设下的最大的也是最后的营地—— 一缕薄烟从这些土堆背后冒了出来，升到了空中。天际处，一只饿狗跑了出来，一会儿又不见了影子。我脑海里闪现的那个想法变得真实可信了。我朝着山上那纹丝不动的怪物跑去，没有感到一丝恐惧，只觉得那疯狂的喜悦令我激动得颤抖。火星人的帽罩外悬挂着细长的棕色肉条，饥饿的鸟群正在啄食撕咬。

项刻间我就跌跌撞撞地爬到了那个多棱堡垒的顶部，站在那儿往下看，堡垒的内部一览无遗。里面的空间大得惊人，到处堆着巨型机械，还有大堆大堆的材料和奇形怪状的栖息场所。火星人分散在四周，有的躺在翻倒了的战斗机器里，有的坐在已僵硬的操纵机器里，还有十几个光着身子静静地排成一排——他们死了！——被腐烂细菌和疾病细菌杀死了，他们的生理机制对这些细菌没有任何免疫力；他们被杀死了，就像红草一样被杀死了；在人类使出百般武艺仍只有死路一条时，他们被这地球上最卑微的东西给杀死了，上帝真是有先见之明。

现在一切都清楚了，其实要是我和其他人没有被恐惧和灾难吓破胆，丧失理智，我们可以预见到这个结果的。自从混沌初始，这些病菌就对人类造成了危害——自从地球上有生命出现，我们的类人猿祖先也深受其害。不过通过自然选择的方式，人类已经获得了抵抗力，不会不与细菌抗争就任由它腐蚀身体——例如，那些造成无生命物质腐烂的细菌——对人体机能来说就是完全免疫的。但是在火星上却没有细菌，火星人没有任何准备就直接登陆地球，直接吃喝。此时，我们的微生物联军开始大举反击。早在我观察他们时，他们就已注定难逃此劫，甚至在他们走来走去的时候，身体就已在腐烂死去，这是不可避免的。数十亿人死亡的代价换回了人类在地球上生存的权利，这个权利禁止一切对地球想入非非的物种，就算火星人再强大十倍，地球仍然属于人类。因为人类的生死都是有缘故的，既不会白白地生，也不会白白地死。

差不多五十个火星人四处分散在自己亲手挖出的巨沟里，死神早已悄然而至，他们一定到死也不明白自己是怎么死的。那时我也不明白他们怎么就死了，只知道这些曾经活生生的、令人闻风丧胆的怪兽是真的死了。一时间，我相信西拿基立的毁灭又重现了，上帝忏悔了，死亡的天使在一夜间将火星人杀死了。

明媚的太阳当空照耀，我的四周热得像火烤，我却依然站在堡垒顶上盯着巨坑看，内心说不出有多高兴。巨坑里还很黑，那些威力强大、构造复杂、造型奇特的机器在光亮的照射下从阴影里若隐若现地冒了出来。我可以听到脚下很远的巨坑深处无数只狗正在争抢火星人的尸体。巨坑那头的边缘处躺着一架飞行器，又大又扁，样子奇特。就在腐烂和死亡抓住它们时，它们一直在密度更大的地球大气之上试飞。死亡来得太突然了。头顶乌鸦呱呱叫，我抬头一看，只见巨大的战斗机器伫立在樱草山的山尖上，它再也不会发起任何攻击了，火星人的尸体被撕成了一条条红色肉条，血滴到了掀翻的坐椅上。

我转过身来，朝山坡下看去，我看见的两个火星人立在那里，鸟群在他们身边飞绕，那时死神刚刚袭击他们。那个临死前一直叫个不停的火星人也许是最后一个死去的，他好像是在向同伴呼救，直到力量耗尽哀号声才停止。此时，他们只是一个个没有任何威胁的三脚架金属塔，那晶亮的金属在明媚的朝阳下闪闪发光。

奇迹般地，伦敦这个伟大的城市之母获救了，逃过了灭顶之灾，在巨坑四周舒展着自己的身体。寂静的房子裸露在阳光下，清晰明亮，带着几分荒凉和凄美，那些只见过伦敦笼罩在烟雾之中，显得阴郁灰暗的人是难以想象她会如此美丽的。

往东看去，天空清澈明亮，太阳迸射出灼目的光芒，照耀在一片黑色废墟的阿尔伯特街和破碎的教堂塔尖之上。屋顶上有的棱面又把阳光反射出去，到处都明晃晃的。

往北望去，基尔本和汉普斯德一片蔚蓝，挤满了房屋。西边，太阳还未照过来，都市依旧昏暗不清。南边，越过火星人，可以清晰地看到朝阳下摄政公园的绿色林海、朗汉姆酒店、阿尔伯特大厅的大圆顶、帝国学院以及布罗普顿路上的高楼大厦全都显得那么渺小。前面一点，可以模模糊糊看到威斯敏斯特教堂参差不齐的废墟耸立在那里。萨里群山屹立在远处，一片蔚蓝，水晶宫饭店的塔楼闪闪发光，犹如两根银柱子。圣保罗教堂的大圆顶朦朦胧胧地映衬着朝阳，我第一次发现教堂也遭到了破坏，西侧出现了一条大大的裂缝。

看着眼前这片由房舍、工厂和教堂聚集而成的广阔区域变得如此寂静荒凉，我不禁想起为了建造这座人类沙洲，多少希望和汗水被耗掉，多少人付出了宝贵的生命。多么迅疾啊，它差一点就被无情地毁掉了。现在，死亡的阴影已经退去，街上可能还有人活着，我的这座亲爱的城市可能会重获新生，变得更加强大。想到这儿，我激情澎湃，差一点儿就热泪盈眶。

摧毁结束了。甚至从那天起，伤痛就已经开始治愈。逃往全国各地的幸存者——没有领袖、没有法律、没有食物，就像没有羊倌照看的羊群——还有成千上万从海路逃出国的人会陆续返回的。空荡荡的大街上会有生命的脉搏开始跳动，逐渐变得强大，汇成生命的洪流冲过空旷的广场。不管受到过什么摧残，破坏者的手已经戛然而止了。在那些荒凉的废墟之上，在那些哀婉地盯着洒满阳光的山间草地的黑黢黢的断壁残垣之间，会立刻回荡起修补房屋的钉锤声和抹泥灰的啪啪声。想到这儿，我向着苍天伸出双手，说起感谢上帝的话来。一年后，我想—— 一年后——

情不自禁地，我又想起了自己，想起了妻子，还有一去不复返的充满希望和温馨的过往岁月。

## 第二十六章　满城废墟

现在要讲述我故事中最离奇的部分了，但可能又一点也不离奇。现在我还清晰地记得那天做过的所有事情，包括我站在樱草山上泪流满面地赞美上帝的情形也明晰如画，可此后的事情我就忘了。

此后三天发生的事，我一无所知。后来我才知道我并不是第一个发现火星人灭亡的人，几个流浪汉在头天晚上就发现了此事。其中一个人——第一个发现者——赶到圣马丁大教堂设法向巴黎发出一封电报，当时我还正躲在马车夫棚里。自此，令人欢欣鼓舞的消息传遍了整个世界。数千个笼罩在恐慌阴影中，吓得不寒而栗的城市顷刻间灯火通明，举城狂欢。当我站在巨坑边缘时，消息传到了都柏林、爱丁堡、伯明翰。我听说，人们喜极而泣，大声欢呼，纷纷停下手中的活儿，相互握手拥抱，最后形成了浩浩荡荡的人流，一直抵达克鲁，最后，直奔伦敦而来。已经两周没有响过的教堂大钟敲响了，喜讯传了出去，最后，喜悦的钟声响彻整个英格兰。脸颊瘦削、胡子拉碴的男子，骑着自行车飞奔在每一条乡村公路上，对着那些面容憔悴、目光呆滞的绝望人群大声吼叫，把做梦也想不到人类会得到解救的喜讯带给他们。再说食物吧！满载着谷物、面包和肉制品的船只正越过英吉利海峡，越过爱尔兰海，越过大西洋，驶往伦敦，救济我们。那段时间好像所有的船只都是开往伦敦的。但这些我全都记不得了。我东游西荡，像一个疯子。我清醒过来时，发现自己待在一户好像有人的家里。第三天时，他们看到我在圣约翰树林区的大街小巷游荡，边哭边胡言乱语。他们告诉我，自那时起，我就一直疯疯癫癫地唱着："最后一个活着的人！好啦！最后一个活着的人！"尽管他们也有自己的不幸，这些人（我不愿意在这里说出他们的名字，他们对我的恩情我铭刻在心）却不嫌我拖累他们，把我带进房子里住下来，精心照顾我。在我身体恢复期间，他们从我嘴里知道了一些我的故事。

当我神志清醒时，他们才非常委婉地把他们所了解到的有关勒热赫德的消息透露给我。我被困两天后，一个火星人就将它毁掉了，所有居民都死在里面。没有遇到任何挑衅，那个火星人轻而易举地就把勒热赫德彻底铲除，就像一个任性的小男孩突发奇想轻轻松松地就把一座蚂蚁山包踩烂了。

只剩下我孤苦伶仃一个人了，他们对我格外好，帮我分担忧伤和孤独。身体复原后我在他们家里又待了四天。在那四天里，我隐隐地渴望再去看一眼我昔日的小窝，不管还剩下什么，它过去带给我那么多欢乐和希望，这个渴望越来越强烈。可这仅仅是一个渺茫的希望，只会让我更加痛苦。他们劝我不要再想了，怕我会因此旧病复发，想方设法转移我的注意力。但最终我再也按捺不住想要回去一趟的冲动，真诚地向他们保证我会回到他们身边后，挥泪告别了这些相处四天的朋友，便走到前几天还空无一人、黑暗怪异的大街上。

现在，街上已是人来人往，挤满了归来的人；有些地方甚至还有商店开门，我看见一处饮水喷泉哗哗地流着水。

当我踏上返回沃金那幢小房子的感伤之旅时，我记得那天天气晴朗，太阳好像在嘲笑我的落魄，街上车水马龙，人们在我周围走来走去。那么多人逃往国外，从事着各行各业，大量人在这场浩劫中丧生看上去好像是不真实的。但是，我注意到我碰到的那些人个个肤色蜡黄，头发蓬乱，眼睛又大又亮，都还穿着破破烂烂的脏衣服。他们看上去无外乎就两种表情——要不因喜悦而精神抖擞，要不神色严肃坚毅。倘若人们个个愁眉苦脸、没精打采，伦敦看上去就是一个流浪汉的城市。教堂人员正在分发法国政府援助的面包，对所有的人都一视同仁。瘦骨嶙峋的马匹连肋骨都显露出来了。每一个街角都站着面容憔悴、佩戴白色警徽的特警。一路上，很少地方有火星人破坏过的痕迹，走到惠灵顿大街才看到红草爬过滑铁卢大桥的桥墩。

在大桥一角，我看到了与那个荒诞时间形成对比的常见的一幕—— 一张纸固定在一个木棍上，在红草丛中迎风招展。那是第一份恢复发行的报纸——《每日邮报》。我掏出包里黑黢黢的一先令硬币买了一份。大多数地方都是空白的，唯一的一个撰稿人在上面登了一个很滑稽的广告立体图，这一定让他乐坏了。他印上去的那个东西激动人心。新闻界还没有走上正轨。报上除了说，对火星人机器进行了检验，一个星期后就有了惊人的结果，没有什么新鲜的东西。其中就发现了"飞行的秘密"，先前我还不相信牧师的这种说法，这下没有什么疑惑了。在滑铁卢，有免费的火车专门载人返回家园。第一波返乡高潮已经过了。火车上只有几个乘客，我也没有心情和他们闲聊。我找了一个只有我一人的车厢，双臂抱在胸前，忧郁地坐在座位上，看着窗外阳光下飞逝而过的破败景象。火车在临时铺成的轨道上颠簸，出站不远就看见铁路两边伫立的房舍已成了焦黑的废墟。克拉彭车站那边，尽管连续两天都是雷雨交加，可"黑烟"的粉末依然未被冲刷干净，城市看上去肮脏不堪。在克拉彭车站，铁路线也被毁了；数百个失业的小职员和店员正肩并肩地与那些熟练的挖土工一起奋战，我们就在他们草草铺设的线路上颠簸。

过了克拉彭车站，沿线景象荒凉破败，看着陌生；温布尔登遭受的破坏尤其严重。由于松树林没有着火，沃尔顿似乎是沿线受损最轻的地方。万达河、莫尔河及每一条溪流，都长满了大堆大堆的红草，看上去就像鲜肉，又像腌制过的卷心菜。然而，萨里郡的松树林太干了，红草不能在那里蔓延。过了温布尔登，第六只圆筒躺在铁路线旁的苗圃地里，四周是大堆大堆的泥土。一些人正围着观看，一些工兵正在圆筒中忙碌着。圆筒上方，一面联合国旗帜在晨风中欢快地猎猎招展。苗圃地里爬满了红草，茫茫一片鲜艳的红色与紫色的影子交织在一起，看上去很让人难受。我不再看眼前这片烤焦的荒野和令人烦闷的红草，向东边的山上望去，只见一片柔柔的蓝绿色，顿时觉得无限舒心。

从伦敦到沃金车站的铁路还在维修，我只好在拜弗里特车站下车，走路到梅柏里。我路过了曾和炮兵一起跟那些骑兵讲过话的地方，走到了看见火星人在雷电中出现的地方。在好奇心的驱使下，我走到路边，在一丛红草中间找到了那辆变形了的破烂轻便马车，被啃噬过的白色马骨撒了一地。我在那儿站了好一会儿，默默地盯着这些残迹。

接着我返回大路，穿过松树林和齐脖子高的红草，看到了斑点狗旅店老板的墓碑。于是，我往家里走去，经过了兵器学院，一个人站在房门敞开的小木屋前叫我的名字，向我问好。

到家了。我满怀希望地看了一眼我的房子，随即又变得无比失望。房门被人撬开了，没有关好，当我走近时，它正缓缓地打开。

门砰的一声又关上了。书房的窗户还敞开着，窗帘吹到了外面，我和炮兵就是从那儿往外观察火星人的动静的。自那以后，没有人关过窗户。丛林里也是一片狼藉，就跟我四个星期前离开时一样。我跟跟跄跄地走进大厅，整个房子空空荡荡。在那个雷雨交加的灾难之夜，浑身湿透的我蜷缩过的楼梯处，地毯皱成一团，糊满了乱七八糟的颜色。一直到楼梯顶部，都可以看到我们泥泞的脚印。

我随着脚印来到书房，书桌上还躺着我在圆筒打开的那个下午未曾写完的手稿，上面放着镇尺。我站着读了一会儿被我放弃的争论。这是一篇关于道德观念的论文，我在讨论文明进程的发展是否能推动道德观的发展。最后一句话是一则预言的开头："大约两百年后，"我写道，"我们可以期待——"句子在这里突然结束了。我想起了那天我怎样无法集中心思，又怎样抛下手中的笔从报童手里拿过来一份《每日新闻》，差不多有一个月的时间了，可我却清清楚楚地记得当他走来时，我怎样走下楼来到花园，听他讲"火星人"的奇异故事。

我下了楼，走进了餐厅。还有羊肉和面包，不过早就腐烂变质了，一瓶啤酒瓶被打翻了，就跟我和炮兵离开时一样。我的家凄清荒凉。我明白了，我长久以来怀有的一线希望只不过是痴心妄想罢了。接着，一件奇怪的事情发生了。"没有用了，"一个声音说道，"这幢房子没人住了。这十天来没有人来过这里。不要待在这里折磨自己了。除了你，没人逃过劫难。"

我惊呆了，是我在说话吗？我转过身，背后的法式窗户敞开着，我一步走过去，往外望去。

就在外面，站着我表哥和我妻子，他们跟我一样又惊又怕——我妻子脸色苍白、欲哭无泪，虚弱地叫了一声。

"我回来了，"她说，"我就知道——就知道——"

她把手伸到喉咙处——身子摇晃起来。我冲了过去，将她抱在怀里。

## 第二十七章 尾 声

　　我的故事要讲完了，可有许多有争议的问题还未得到解决，讨论也还在如火如荼地进行，我自己却少有看法，对此我深感遗憾。不过，在某方面，我一定会遭到批评。我专门研究的领域是思辨哲学，有关比较生理学的知识只是从一两本书中获得的，不过，我认为卡佛在解释火星人突然死亡的原因时，言之有理，他的说法几乎可以当作被证实的结论。在讲述我的故事时，我就采用了他的观点。

　　不管怎么说，战后对火星人的尸体进行了解剖，除了已知的地球上的细菌种类外，在那些被解剖的尸体中没有发现其他细菌。他们没有把先死的火星人埋掉，也没有对胡乱杀死的人的尸体进行处理，这也表明他们完全不懂腐烂过程。虽然这听起来很有道理，却绝不是已得到证实的结论。

　　人们无法知道火星人使用的致命武器"黑烟"的成分，"热射线"发射器的组成仍旧是一个谜。由于伊令和南肯辛顿实验室遭到了可怕的毁灭，化学分析家们无法再进一步研究"热射线"了。黑色粉末的光谱分析明白无误地表明有一种未知元素存在，呈明亮的三道绿线组合，有可能与氩气结合形成一种化合物，立即破坏血液里的某种成分。不过，这些未经证实的玄想几乎不会令看这本书的普通读者感兴趣的。谢泼顿被毁灭后，从泰晤士河漂下来的棕色残渣当时没有拿来化验，现在已经找不到这样的残渣了。

　　就野狗使得火星人的尸体解剖成为可能而言，我在讲故事时已经交代了解剖检查的结果。不过，自然历史博物馆里的火星人标本，人人都去看过吧，他们被泡在酒精里，几乎完整无缺、硕大无比。还有无数张根据标本画出来的火星人体图片，人们都是很熟悉的吧。除此之外，还有一点，那就是火星人的生理和结构纯属于科学研究范畴。因此，我不再赘述他们的生理结构了。

　　一个更严峻、更具普遍性的问题摆在面前，那就是火星人还会发起另一场进攻吗？我认为人们对这个问题的关注还远远不够。目前，火星处于合状态①，但我预计每回到冲状态，火星

①　合状态：两个天体靠得最近时的轮廓。

人都有可能再次冒险。不管怎样，我们都应该做好充分准备。依我看，我们应该可以准确找到火星人用来发射圆筒的大炮所处的位置，然后持续观察火星的这部分。这样一来，他们下次进攻时，我们就已准备好了。

以此方法，不等圆筒冷却，火星人出现，我们就可以用炸药或大炮将其摧毁，或者只要圆筒一被拧开，就用大炮将其炸得四分五裂。我觉得，他们第一次袭击就以失败告终，说明他们已失去了大好的优势，可能他们也持与我相同的见解。

莱辛提出了充分的理由来假设火星人已经成功登陆金星。七个月前，金星和火星与太阳形成直线；也就是说，从金星上观察，火星处在与金星相反的方向。紧接着，一个明亮的弯弯曲曲的标记出现在金星没有光亮的那半边上，几乎在相同的时间，人们在火星照片上发现了一个淡黑色标记，和金星上的标记类似，弯弯曲曲的。要想完全领会这两个标记怎样惊人地相似，必须要看看它们的外表图。

不管我们会不会再次遭遇火星人入侵，这些事件必定会大大修正我们对人类未来的看法。我们已经学会不应再把地球看作一个四周有栅栏围起、人类可以安居乐业的地方了；我们绝不能预料，那些从外太空突然降临到我们头上的、从未见过的是天使还是恶魔。也许，从宇宙的宏观角度看，火星人的这次入侵对人类来说是具有终极福祉意义的；它剥去了人类对未来的从容自信，这种自信是衰败的根源；它给人类科技带来丰富的礼物；它大大促进了人类的公共利益观念。也许，越过茫茫的太空，火星人已经看到了他们这些先驱的命运，吸取了经验和教训，在金星上找到了一个更安全的居住地。就算可能是那样吧，在今后的漫长岁月里，我们一定要对火星密切观察，丝毫不能放松，而且那些拖着火状尾巴的流星落下来时，也会给我们的子孙后代带来不可避免的恐惧。

毫不夸张地说，自火星人入侵后，人类的视野变得开阔了。在圆筒降落之前，我们普遍认为，在我们这颗小小星球之外的茫茫太空中没有生命存在。现在我们看得更远了。如果火星人能到达金星，那么完全有理由相信，人类也有可能做成同样的事。要是太阳逐渐变冷，地球不再适合人类居住——最终一定是这样的，那时，开始于地球的生命之线也许会伸出去，缠绕住我们相邻的行星。

这样的想象朦胧而又美妙。我的脑海中还浮现出这样的景象：生命从太阳系这个小小的种子地里慢慢扩展，最后遍布整个没有生命的茫茫恒星空间。不过，那只是一个遥远的梦。从另一个角度想，也许火星人的毁灭只是迟早的事情，对他们而言，而不是我们，未来早已注定。

我得承认，由于这段时间随时处于紧张状态，遭遇了种种危险，我心里留下了挥之不去的阴影，令我对许多事都持怀疑的态度，总觉得不安全。坐在书房的灯下写作时，我突然又看见山脚下生机盎然的山谷竟燃起大火，火舌扭动，火光冲天，觉得我身后和周围的房子又都是空空荡荡、荒凉冷清。我出门来到拜弗里特大路上，一辆辆车从我身边经过，一个年轻的屠夫驾着小马车，满载游客的出租马车，工人骑的自行车，上学的孩子，突然间，他们变得模糊不清，好像是我虚构出来的，我又同炮兵一起，仓皇穿过炎热而沉寂的山野。一天晚上，我梦见寂静的街道黑灰遍地，黑压压的，上面躺着一具具黑灰笼罩的尸体；它们突然站了起来，扑向我，一个个被野狗咬得肢体不全、血肉模糊，嘴里急促地说着什么，面目狰狞丑陋，脸色惨白，最后成了疯疯癫癫的怪样子。我吓得醒过来，坐在黑暗的夜色里，浑身发冷，可怜极了。

走在伦敦的舰队街和斯特兰德街上，望着熙熙攘攘的人群，我顿生怪念，觉得他们不过是往昔死难者的鬼魂，出没在我见过的死寂而凄凉的街道上；不过是一座死城的幽灵，身体带电，样子像人。站在樱草山上，异样的感觉也会油然而生。在写最后一章的前一天，我去了樱草山，放眼眺望，远处，一大片房屋笼罩在薄薄的烟雾之中，无边无际，最后消失在朦胧、低矮的天际；近处，游客如织，有的在山间花圃中徜徉，有的围在那台火星人机器旁，看它静静地站在巨坑里，顽童在一旁嬉笑打闹。我想起了发现火星人死亡的情形，在那个伟大日子的晨曦中，它静静地立在那里，闪闪发光、棱角分明、坚硬无比……

当我再次握住妻子的手时，最怪异的感觉产生了，我觉得我们不过是都把对方当作死人而已。